# L'HERITIER RIDICVLE OV LA DAME INTERESSÉE.

COMEDIE.

*DEDIÉE AV PRINCE D'ORANGE.*

Par Monsieur SCARRON.

A PARIS,
Chez TOVSSAINCT QVINET, au Palais, sous la montée de la Cour des Aydes.

M. DC. L.

*AVEC PRIVILEGE DV ROY.*

A TRES-HAVT, TRES-PVISSANT, & tres-excellent Prince Guillaume par la grace de Dieu Prince d'Orange, Comte de Nassau, Catzelleboge, Vianden, Dietz, Lingen, Moers, Buren, Leerdam, Marquis de Vere & Flissingue, Seigneur, & Baron de Breda, de la ville de Grave, & le Païs de Cuyck, Diets Grimbergen, Herstal, Crannendoncq, Vvarneston, Arlay, Nozeroy, S. Vit, Daesburge, Polanen, Vvillemstat, Niervaert, Isselstein, S. Maerztendijck, Gertruydenberghe, Chasteau-Regnard, de la haute & basse Svvaluvven, Maestruyck, &c. Vicomte hereditaire d'Anvers & Besançon, Mareschal hereditaire d'Hollande, Gouverneur de Gueldre, Hollande, Zelande, Vverstfrise, Vtrecht, Ouerijssel, Groninghe, Ommelanden, Drenthe, &c. Capitaine general & Admiral des Provinces Vnies des Païs-Bas, &c.

MONSEIGNEVR,

Ie suis en peine de ma Muse dépaïsée, elle est assez hardie dans Paris, & sur son fumier, c'est à dire dans ma chambre, mais en Hollande, & deuant V. A. ie tremble pour elle, & ie me la represente toute décontenancée, qui fait la sotte, & pleure sous son masque, parce que trop de monde la regarde: c'eſt à vous, MONSEIGNEVR, à la raſſeurer par ce bon accueil que vous ne refuſez iamais à perſonne, autrement elle ne ſera que begayer en diſant à V. A. que voicy l'entrepriſe de la plus grande importance que i'aye iamais faite, & que ie ſuis bien en peine moy-meſme de ſçauoir, qui m'en a donné la hardieſſe. I'en conçeus le deſſein, il y a cinq ou ſix ans que i'apris que V. A. auoit ietté les yeux ſur quelques-vns de mes ouurages, & i'ay eſté autant de temps à deliberer, ſi ie luy en dedierois quelqu'vn. Enfin ie me ſuis hazardé de luy faire vne Comedie, ayant ſceu que la Comedie la diuertiſſoit quelquesfois; Ie puis eſtre blaſmé d'auoir trop entrepris ou aprouué d'auoir diuerty durant quelques heures, vn des plus conſiderables Princes de l'Europe. L'vn & l'autre ſuccez prepare bien de la beſongne à la Muſe Burleſque, ou pour demander pardon d'auoir importuné, ou pour remercier d'auoir eſté charitablement ſoufferte. Si elle en ſort à ſon honneur, & ſans confuſion, elle n'en demeurera pas là, & elle fera voir qu'vne diſeuſe de ſornettes peut traiter comiquement vn ſujet heroïque ſans le prophaner. Elle ſçait auſſi bien que tout le reſte du monde, que vos belles actions égalent celles de vos Illuſtres peres, que vous auez pardeſſus eux, ce que vous eſtes encore capable de faire, & que la Paix dont joüyt la Hollande, aprend à toute l'Europe combien vous eſtes redoutable ennemy, puis que le plus puiſſant de ſes Monarques, & qui commande à la nation la plus adroite à faire des conqueſtes, a douté du ſuccez d'vne guerre, dont vous auriez eu la conduite. Ce ſont des veritez qui ne peuuent eſtre diſputées de perſonne, & pour leſquelles, le Prouerbe qui dit, qu'elles font des ennemis, n'a iamais esté fait. Ma muse ne craindra donc point de vous dire les vostres, puis qu'elles sont de cette nature là, & qu'il n'est pas deffendu de dire vray en riant. Il est vray qu'estãt vne Badaude de Paris, & ne sortant point de la chambre d'vn malade, elle ne sçait guere bien son monde, & que parlant auec trop de chaleur, elle pourra faire souffrir vostre modestie: mais, MONSEIGNEVR, il n'y a rien de moins possible aux Heros qui vous ressemblent que de s'empescher d'estre loüez; & cela est si vray qu'à l'heure que i'écrits, ie n'ay iamais esté en plus belle humeur de loüer vn grand Prince, & V. A. n'a iamais esté en plus grand peril d'estre importunée d'vne longue Epistre; mais ie n'abuseray pas plus long-temps de sa bonté. Ie n'ay plus qu'vne verité à luy dire, dont la connoissance luy doit estre indifferente: mais pour laquelle ie souffrirois le martyre. C'est, MONSEIGNEVR, que ie suis de toute mon ame,

De Vost. Alt.

Le tres-humble, tres-obeïssant & tres-obligé seruiteur,
SCARRON.

*Extraict du Priuilege du Roy.*

PAR grace & Priuilege du Roy donné à Paris le 10. iour de Nouembre 1649. Signé, Par le Roy en son Conseil, Le Brun. Il est permis à Toussainct Quinet Marchand Libraire à Paris, d'imprimer ou faire imprimer, vendre & distribuer vne piece de Theatre intitulée, *L'heritier Ridicule, Comedie du Sieur Scarron*, pendant le temps de cinq ans entiers & accomplis. Et defenses sont faites à tous Imprimeurs, Libraires & autres, de contrefaire ledit Liure, ny le vendre ou exposer en vente d autre impression que de celle qu'il a fait faire, à peine de trois mil liures d'amende, & de tous dépens dommages & interests, ainsi qu'il est plus amplement porté par lesdites Lettres, qui sont en vertu du present Extrait tenuës pour bien & deuëment signifiées, à ce qu'aucun n'en pretende cause d'ignorance.

*Acheué d'imprimer pour la premiere fois le 4. May 1650.*

Les exemplaire ont esté fournis.

# ACTEVRS.

DOM DIEGVE de Mendoce.

FILIPIN, ou DOM PEDRO de Buffalos Laquais de Dom Diegue.

ROQVESPINE Escuyer de Dom Diegue.

CARMAGNOLLE Valet de Dom Pedro de Buffalos.

DOM IVAN BRACAMONT.

LEONOR DE GVSMAN.

HELENE DE TORRES.

BEATRIS Servante de Leonor.

PAQVETTE Servante d'Helene.

MVSICIENS.

*La Scene est à Madrid.*

# L'HERITIER RIDICVLE.

## OV

## LA DAME INTERESSEE.

## COMEDIE.

---

# ACTE I.

## SCENE PREMIERE.

LEONOR. BEATRIS.

BEATRIS.

*Madame, c'est courir beaucoup, & ne rien prendre,*
*Pour moy ie n'en puis plus, ie commence à me rendre,*

*Si vous vouliez vn peu regagner la maiſon*
*Vous ne feriez pas mal.*

LEONOR.

*Beatris a raiſon*
*De ſe laſſer enfin de prendre tant de peine;*
*Mais elle ne ſçait pas le ſujet qui me meine.*

BEATRIS.

*Vous ne le ſçauez pas auſſi.*

LEONOR.

*Je le ſçay bien;*
*Mais trop pour mon repos.*

BEATRIS.

*Trop auſſi pour le mien,*
*Moy qui croyois marcher des mieux pour vne fille,*
*Qui l'aurois diſputé contre vn Porte-mandille:*
*Ie confeſſe pourtant que vous allez du pied*
*Comme moy, pour le moins, voire mieux de moitié;*
*Pour moy ie ne vay plus quaſi que d'vne feſſe;*
*Car vous ne parlez point, & vous révez ſans ceſſe.*
*Madame encore vn coup, ie ne puis tant aller,*
*Si ie n'ay quelquesfois le plaiſir de parler;*
*Mais pourueu que ie parle, & que l'on me reſponde*
*I'iray ſans me laſſer iuſques au bout du monde.*

LEONOR.

*Oüy, Beatris, vn peu de conuersation,*
*I'y consens, & t'écoute auec attention.*

BEATRIS.

*Discourons donc vn peu, mais qu'il ne vous déplaise*
*Du sujet qui vous fait sans carosse & sans chaise,*
*Sans Escuyer, sans gens, sans suitte, sinon moy,*
*Courir le long du iour sur le paué du Roy.*
*Ie ne m'ingere point de condamner la chose*
*Deuant que la sçauoir: mais l'effect qu'elle cause*
*Ma lassitude à part, ie ne le puis loüer:*
*Car ma chere Maistresse, il vous faut aduoüer*
*Que depuis quatre iours que vous courez la ruë,*
*Et faites malgré moy de la Dame inconnuë,*
*Si c'est auec dessein qu'il a mal reüssi,*
*Et si c'est sans dessein que les fous font ainsi,*
*Vous ne sçauez pas bien ma foy ce que vous faites,*
*Que dira-t'on de vous, si l'on sçait qui vous estes?*
*Vous qui dites toûjours, mon Dieu que dira-t'on?*
*Vous qui dites toûjours, le trouuera-t'on bon?*
*Qui de tout & par tout faites la scrupuleuse,*
*Ne redoutez-vous point qu'on vous nomme coureuse,*
*Car ce nom-là vous est (sauf vôtre honneur) bien deu,*
*Si vous courez ainsi toûjours à corps perdu:*

*Et ne songez-vous point aux langues de vipere,*
*Qui tondent sur vn œuf, qui de tout font mystere;*
*Les vns diront du moins que vous perdez le sens,*
*Les autres plus, selon qu'ils seront médisans:*
*Moy, qui cheris l'honneur autant, & plus qu'vn autre,*
*Que fera-t'on au mien, si l'on s'attaque au vostre,*
*Puis que l'on dit toûjours, tel Maistre, tel vallet?*

LEONOR.

*Ie n'attendois pas tant de ton esprit follet,*
*Mais puis que ie te trouue aujourd'huy si morale:*
*Ie te veux croire aussi d'vne ame assez loyalle,*
*Pour apprendre de moy le sujet important,*
*Qui me fait tant courir, & qui te lasse tant;*
*Escoute-donc.*

BEATRIS.

*Vrayement, Madame, si i'écoute,*
*Ie choisirois plustost de ne voir iamais goute,*
*Que de n'écouter pas vn important secret:*
*C'est mon plus grand plaisir, mais i'ay l'esprit discret.*

LEONOR.

*Sçache-donc Beatris que i'ayme.*

BEATRIS.

*Est-il possible ?*
*Ie vous en ayme mieux, il faut estre sensible,*
*Pour moy, ie vous croyois plus dure qu'vn Rocher :*
*Mais puis que ie connois que l'on vous peut toucher,*
*Si pour vous y seruir, il ne faut que ma vie,*
*Madame, asseurez-vous que vous serez seruie.*

LEONOR.

*Mais ie suis Beatris, mal-heureuse à tel poinct;*
*Que i'ayme vn Caualier.*

BEATRIS.

*Qui ne vous ayme point,*

LEONOR.

*Non, mais qui ne sçait pas, que pour luy ie soûpire.*

BEATRIS.

*Le mal-heur n'est pas grand, il ne faut que luy dire.*

LEONOR.

*Et comment Beatris?*

BEATRIS.

*C'est moy qui luy dira,*
*Reposez-vous sur moy, Dieu nous assistera,*
*Quand c'est à bonne fin, l'œuure n'est pas mauuaise.*
*Ha! vrayement, il vaut mieux aymer chaud comme braise,*
*Que hayr son prochain, & luy faire le froit,*
*Madame, il faut aymer ce qu'aymable l'on croit,*
*Et ne pretendre pas aussi pour estre aymable,*
*Qu'on ait droit de laisser perir vn miserable,*
*Quand vostre amant seroit plus fier qu'vn Narcissus,*
*I'en viendrois bien à bout, i'en aurois le dessus:*
*Et si ie ne tiens pas la chose difficile,*
*Comment trouueroit-il qui vous vaille en la ville?*
*Nommez-le seulement, ie vous le rens rendu,*
*Et quand pour son merite il feroit l'entendu,*
*(Car ie ne doute point qu'il n'en n'ait plus qu'vn autre,*
*Puis qu'il a le pouuoir d'assujettir le vostre)*
*Nous auons pour gagner les superbes Amans*
*Des secrets aussi forts que des enchantemens:*
*Mais pour vous que le Ciel a faite toute belle,*
*Vous n'auez qu'à joüer vn peu de la prunelle;*
*Vous n'auez qu'à luy faire vne fois les yeux doux,*
*Vous le verrez bien-tost embrasser vos genoux.*

*Belle, riche d'eſprit, noble, auec tous ces charmes,*
*Vous auez des deſirs qui vous couſtent des larmes;*
*C'eſt à vous bien pluſtoſt à donner des deſirs,*
*Qui cauſent de l'extaze, ou bien des déplaiſirs:*
*Selon que vous ſerez en humeur de bien faire,*
*Il ſera trop heureux, Madame, de vous plaire.*

LEONOR.

*Ho, ho, la Beatris, qui t'en a tant apris,*
*Ie ne connoiſſois pas ton merite & ton pris,*
*Ie ne penſois auoir qu'vne ſimple ſeruante,*
*Et tu t'es découuerte vne fille ſçauante.*

BEATRIS.

*Ie puis parler d'amour, puis que i'en ay taſté,*
*Et vous y puis ſeruir puis que i'en ay traitté:*
*Mais depuis vn certain, qui mourut à la guerre;*
*Ie ne prens plus plaiſir aux choſes de la terre:*
*Que maudit ſoit le iour que premier ie le vi,*
*Si mon cruel deſtin ne me l'auoit raui,*
*Ie ne me verrois pas vne ſimple ſoubrette:*
*Mais Dieu l'a bien voulu, ſa volonté ſoit faite;*
*Parlons de voſtre affaire, & me contez vn peu*
*Comment, quand, & par qui voſtre cœur a pris feu.*

LEONOR.

*Ce fut vn peu deuant que nous fussions ensemble ;*
*Dieux ! à ce souuenir, ie frissonne, & ie tremble,*
*Vn iour qu'il fit fort beau, i'allay me promener*
*Aux champs, où i'auois fait aprester le disner,*
*I'auois pris auec moy, quatre de mes amies,*
*Apres disner estans toutes cinq endormies,*
*En attendant le frais, laissant passer le chaut,*
*Vn effroyable bruit me réveille en sursaut,*
*Ie me leue, & ne voy dans la chambre parestre*
*Qu'vne espaisse fumée, à trauers la fenestre,*
*Ie voy le Ciel en feu, qui me remplit d'effroy :*
*Ie tombe évanoüye, & si fort hors de moy,*
*Que qui m'eût veüe alors, m'eût creüe aisément morte,*
*Le feu gaignoit déja l'escalier, & la porte,*
*Ces Dames, qui m'auoient laissée en ce danger,*
*( La peur les auoit bien empesché d'y songer )*
*Versoient assez de pleurs, faisoient assez de plaintes,*
*Et ie iurerois bien qu'elles n'estoient pas feintes,*
*Offroient assez d'argent, mais à me secourir,*
*Chacun faisoit le sourd, de crainte de mourir,*
*Alors qu'vn Caualier conduit par mon bon Ange,*
*Arriue, est informé de ce mal-heur estrange ;*
*Ces Dames en pleurant, luy content mon mal-heur,*
*Et luy, fut-il iamais de pareille valeur !*

*Fut-il iamais vertu comparable à la sienne ?*
*Met sa vie en hazard pour secourir la mienne,*
*Saute sans heziter, de son carosse en bas,*
*Passe au trauers du feu qui ne l'espargne pas,*
*Monte viste en la chambre, où plûtost il y vole,*
*Cette belle action dehors passe pour folle,*
*On se plaint, on le croit aussi perdu que moy,*
*Lors qu'on le void sortir, me traisnant apres soy,*
*Le poil bruslé, le teint tout noircy de fumée,*
*Il ne s'en alla point tant qu'il me vit pâmée;*
*Mais si-tost qu'il me vit reprendre mes esprits,*
*Sans que son action receust le moindre prix,*
*Ie confesse en cela que l'on fit une faute;*
*Et par là i'ay bien veu qu'il a l'ame bien haute,*
*Sans se faire de feste ou se faire valoir,*
*Sans qu'il me soit depuis seulement venu voir,*
*Il s'éloigna de nous, ce bel Ange visible,*
*Iuge si i'en receus vn déplaisir sensible,*
*Alors qu'on m'eust apris ce que ie luy deuois,*
*C'est ce qui m'a reduite au poinct où tu me vois,*
*C'est ce qui m'a depuis fait verser tant de larmes,*
*Et donné sur mon cœur tant de force à ses charmes,*
*Que rien ne me paroist aimable comme il est,*
*Apres luy dans la Cour personne ne me plaist,*
*Soit qu'il soit trop aimable, ou moy trop susceptible*
*D'vn amour, qu'à chasser i'ay fait tout mon possible;*

*Car ie l'ay veu depuis cét aimable vainqueur;*
*Mais ie ne l'ay pû voir qu'aux despens de mon cœur;*
*Mais ie ne l'ay pû voir sans en estre amoureuse,*
*Et de plus Beatris, jalouse, & furieuse;*
*Ne desaprouue point ces mouuemens jaloux*
*Ie l'ay veu depuis peu dans l'Eglise à genoux,*
*Discourant en secret auec vne inconnuë,*
*Que mon Page suiuit iusques dans cette ruë,*
*Et c'est pourquoy i'y viens depuis deux ou trois iours,*
*Et ce qui m'y fait faire auec toy tant de tours,*
*Mais i'aperçoy venir le plus fâcheux des hommes;*
*Ie suis au desespoir s'il connoist qui nous sommes,*
*C'est vn homme choquant, vn homme sans raison,*

BEATRIS.

*Entrons sans marchander dedans cette maison,*
*J'en vois sortir, me semble, vne femme assez belle.*

LEONOR.

*Mon Dieu! sans la connoistre.*

BEATRIS.

*Et vous mangera-t'elle?*
*Allez, allez Madame, & parlez hardiment,*
*Il ne vous en sçauroit coûter qu'vn compliment.*

# SCENE SECONDE.

## LEONOR, HELENE, BEATRIS.

LEONOR.

*MAdame, n'ayant pas l'hõneur de vous cõnoistre*
*Vous n'aprouuerez pas ma liberté peut-estre,*
*Mais vous ne pouuez pas auoir tãt de beauté*
*Que vous n'ayez beaucoup de generosité:*
*Ce Caualier qui vient me poursuit, il m'importe*
*D'éuiter son abord, ie croy qu'à vostre porte*
*Ie rencontre à propos vn lieu de seureté,*
*Où ie ne craindray point son importunité.*

HELENE.

*A vostre seul abord sans voir vostre visage,*
*Ie vous accorderois encore d'auantage,*
*Aprochez vous, Madame, & ne redoutez rien.*

# SCENE TROISIESME.

## DOM-IVAN, LEONOR, HELENE, BEATRIS.

### DOM-IVAN.

*EN vain vous vous cachez, ie vous reconnois bien,*
*Pourquoy me fuyez vous, ingrate Leonore?*
*Ah! c'est trop mal-traiter celuy qui vous adore,*
*Et qui pourtant est prest de se mettre à genoux*
*S'il a pû vous déplaire en courant apres vous.*

### LEONOR.

*Oüy! Seigneur, Dom-Iuan, c'est moy, ie le confesse;*
*Quel plaisir prenez vous a me fâcher sans cesse?*
*Pensez-vons emporter par obstination:*
*Ce qu'on ne peut gaiger que par affection,*

*Mon humueur, dites vous est vne chose estrange,*
*Quand Dieu vous auroit fait aussi parfait qu'vn Ange,*
*Quand il vous auroit fait vn objet plein d'appas,*
*Auecque tout cela vous ne me plairiez pas;*
*De cette auersion, vous demandez la cause,*
*C'est vous seul qui pouuez en sçauoir quelque chose,*
*Puis que cette cause est, ainsi que ie le croy,*
*Et selon l'apparence en vous plûtost qu'en moy,*
*Pour donner de l'amour le secret est de plaire,*
*Vous ne me plaisez pas que pensez vous donc faire?*
*Vous m'offrez vostre cœur en eschange du mien,*
*Pourquoy changer mon cœur, si ie m'en trouue bien,*
*Et quand ie voudrois bien le changer pour vn autre,*
*Estes vous asseuré que ie prisse le vostre?*
*Parce que vous m'aimez vous dois-je aimer aussi.*
*Est-ce bien raisonner que de conclure ainsi?*
*Vous m'aimez, dites-vous, car ie suis bien aimable,*
*Si vous ne m'estes pas en cela comparable,*
*Si vous n'estes aimable autant que ie le suis;*
*C'est me demander trop, & plus que ie ne puis,*
*Et c'est sur ce sujet tout ce ie puis dire.*

HELENE.

*Ie ne voy pas pour vous grande matiere a rire:*

*Mais bien à composer de pitoyables Vers*
*Contre la dureté de ce sexe peruers,*
*Contre les cruautez de ces méchantes femmes,*
*Qu'on deuroit assommer à grãds coups d'Epigrammes.*

DOM-IVAN.

*Ah! Madame, c'est trop auoir de cruauté,*
*Railler vn mal-heureux c'est vne lâcheté;*
*Mais de ce procedé, quoy qu'il soit bien estrange,*
*Si vous me procurez vn regard de mon Ange,*
*Ie vous promets, Madame, & ie vous le tiendray*
*Que comme d'vn bienfait ie m'en ressouuiendray.*

LEONOR.

*Et mon Dieu, Dom-Iuan, lors que vous m'aurez veuë,*
*Quel plaisir pensez vous receuoir de ma veuë,*
*Ie vous regarderay comme vn persecuteur.*

DOM-IVAN.

*Est-ce persecuter que de donner son cœur?*

LEONOR.

*Entendray-je toûjours dire la mesme chose?*

HELENE.

*Encore que ie sois suspecte en cette cause,*
*Sçachez mon Caualier, qu'aimer sans agréement*
*C'est dépenser son bien tres-inutilement,*
*C'est n'estre pas trop bien auec sa destinée,*
*Et dés ce monde icy viure en ame damnée,*
*Ce qui de vous estant de prés consideré,*
*Laissez, Madame en paix, & me sçachez bon gré,*
*De vous auoir donné cét aduis salutaire.*

DOM-IVAN.

*Ie veux suiure vn aduis au vostre tout contraire,*
*Et que ie plaise, ou non, seruir iusqu'à la mort*
*Cette ingratte beauté, de qui depend mon sort,*
*Le temps pourra changer son humeur de tygresse.*

LEONOR.

*N'esperez rien du temps qu'vne triste vieillesse*
*La cheute des cheueux, & la perte des dents,*
*Et par ce qu'auec vous ie passe mal le temps,*
*Et que Madame en est sans doute importunée,*
*Allez pester plus loin contre la destinée.*

DOM-IVAN.

*Madame, i'attendray plûtost iusqu'à demain,*
*Que ie n'aye l'honneur de vous donner la main*
*Iusqu'à vostre demeure.*

LEONOR.

*Et moy pour m'en défendre*
*I'espere vous lasser en vous faisant attendre.*

HELENE.

*Vous voulez-donc, Monsieur assieger ma maison?*

DOM-IVAN.

*Vous estes contre moy, Madame.*

HELENE.

*Auec raison.*
*Vit-on iamais vser de telle violence?*
*Si quelqu'vn m'auoit fait vne pareille offence;*
*Mais ie voy Dom-Diegue, il vient tout à propos.*

LEONOR, tout bas.

*Ha Beatris c'est luy qui trouble mon repos,*

HELENE.

EHLENE.

*Vous ne voulez donc pas laisser en paix Madame?*

DOM IVAN.

*Vous voulez donc qu'vn corps s'éloigne de son ame.*

HELENE.

*Ie ne puis plus souffrir tant d'inciuilité,*
*Dom Diegue, de grace, ayez la charité*
*De vouloir deliurer vne Dame assiegée*
*A quoy ie suis aussi par honneur engagée.*

# SCENE IIII.

## DOM DIEGVE, HELENE DOM IVAN, LEONOR BEATRIS.

DOM DIEGVE.

*ET Madame qui donc vous fait la guerre ainsi ?*

HELENE.

*C'est Monsieur.*

DOM DIEGVE.

*Dom Iuan, puis-je croire cecy?*

HELENE.

*I'estois dessus ma porte, vne Dame inconnuë,*
*Auecque sa suiuante à la haste est venuë,*
*Se sauuer prés de moy pour éuiter l'abord*
*De Monsieur que voila, qui la couroit bien fort,*
*Il l'aime à ce qu'il dit, elle ne l'aime gueres,*
*Elle luy vient de dire en paroles bien claires,*

*Luy ſans ſe rebuter de ſa ſeuerité,*
*La veut accompagner contre ſa volonté,*
*Son importunité m'a ſemblé bien eſtrange;*
*Et c'eſt peu reſpecter ce qu'il nomme ſon Ange,*
*Ie l'ay voulu prier, ie n'ay rien obtenu,*
*C'eſt où nous en eſtions quand vous eſtes venu.*

DOM DIEGVE.

*Ah! Seigneur, Dom Iuan, nous deuons tout aux Dames,*
*Les hommes ne ſont nais que pour ſeruir aux femmes.*

DOM IVAN.

*Ce que vous dites-là, qui le ſçait mieux que moy:*
*Mais lors que i'ay penſé faire ce que ie doy*
*Luy preſenter la main pour la mener chez elle,*
*Elle m'a refuſé, l'ingratte, la cruelle,*
*Elle a fait l'inconnuë, & m'a caché ſes yeux,*
*Apres deux ans entiers que ie brûle pour eux,*
*A la fin la fureur ſuiura la patience.*

DOM DIEGVE.

*Pretendez vous vous faire aimer par violence?*
*L'amour ſe doit gaigner, & ne ſe peut rauir,*
*Si vous le trouuez bon, ie m'offre à vous ſeruir,*
*Demain ſi vous voulez, ie luy rendray viſite.*

DOM IVAN.

*Ie ſuis au deſeſpoir.*

DOM DIEGVE.

*Vn homme de merite*
*Doit eſperer toûjours.*

DOM IVAN.

*Ah ! l'ingrate beauté*
*A trop peu de iuſtice, & trop de cruauté,*
*I'ay iuré de la voir, ie ne puis ſans offence.*

DOM DIEGVE.

*Dom Iuan, en amour le vœu d'obeïſſance,*
*Va deuant tes ſermens. Allons.*

DOM IVAN.

*Ie le veux bien,*
*Vous promettez beaucoup, mais ie n'eſpere rien.*

# SCENE V.

HELENE, LEONOR, BEATRIS.

HELENE.

*IL s'en va bien fâché le pauure miserable,*
*Vous ne me tiẽdrez pas vne rigueur semblable,*
*Ie verray ces beaux yeux qui luy sont tant de mal,*
*Et vostre amant s'en va deuenir mon riual.*

LEONOR.

*Me monstrer, ce n'est pas le moyen de vous plaire,*
*Mais vous obeïssant, ie ne sçaurois mal-faire.*

HELENE.

*Ha! vrayement ie l'excuse au lieu de le blâmer,*
*Il ne vous a pû voir, & s'empécher d'aimer,*
*Ou trouuez le moyen de vous rendre inuisible,*
*Ou laissez vous aimer.*

LEONOR.

*Madame, est-il possible?*
*Lors que vous me raillez assez visiblement,*
*Que vous gagniez pourtant mon cœur absolument,*
*Vous m'auez fait, Madame, vn plaisir, dont i'espere*
*Me reuancher bien-tost, & Monsieur vostre frere,*
*En éloignant de moy cét Empereur des Fous,*
*S'est acquis dessus moy ce qu'il peut dessus vous.*

HELENE.

*Dom Diegue est de soy si fort considerable,*
*Que si i'auois pour frere vn Caualier semblable,*
*Quand cela m'osteroit la plus-part de mon bien*
*I'y gaignerois beaucoup.*

LEONOR.

*Il ne vous est donc rien?*

HELENE.

*Non, mais il tâche assez de m'estre quelque chose.*

LEONOR.

*Sa qualité peut estre inégale est la cause,*
*Qu'il aura de la peine à paruenir si haut.*

HELENE.

*Dans ſa condition il eſt bien ſans deffaut,*
*On n'en ſçauroit non plus trouuer en ſa perſonne ;*
*Mais ce n'eſt pas pour rien aujourd'huy qu'on ſe dõne,*
*Dom Diegue eſt fort pauure, eſtant ce que ie ſuis,*
*Ie veux viure en la Cour, ſans bien ie ne le puis :*
*Mon bien eſt mediocre, & i'aime la dépence.*

LEONOR tout bas.

*Ma crainte, & mes ſoupçons font place à l'eſperance.*

HELENE.

*Que dites-vous ?*

LEONOR.

*Ie dis qu'en eſpouſant vn gueux,*
*Quelque bien que l'on ait, d'vn pauure on en fait deux.*

HELENE.

*Dom Diegue eſt aimable, & ſon nom eſt Mendoce,*
*Mais cela ne fait pas bien rouler vn caroſſe,*
*Vn oncle à ce qu'il dit, Gouuerneur au Peru,*
*Luy garde bien du bien : mais il n'eſt pas venu,*
*Ie n'aime pas le bien qui n'eſt qu'en eſperance,*
*Ie l'amuſe pourtant de quelque complaiſance,*

*Qui ne me coûte guerre, & ne m'engage à rien,*
*N'en ay-je pas sujet?*

LEONOR.

*Ha! que vous faites bien,*
*Et que l'on void souuent des filles abusées,*
*Pour n'estre pas ainsi que vous bien auisées;*
*Mais le plaisir que i'ay de vous entretenir,*
*Dont ie veux conseruer toûjours le souuenir,*
*Et que ie doy sans doute à ma bonne forttune,*
*M'empéche de songer que ie vous importune,*
*Ie prens congé de vous.*

HELENE.

*Faites moy donc sçauoir*
*Le nom de la beauté que i'ay l'honneur de voir,*
*Et dont la connoissance est pour me rendre vaine,*
*Ie vous veux aller voir.*

LEONOR.

*Ie n'en vaut pas la peine;*
*Pour vous obeïr donc, mon surnom est Gusman,*
*Mon nom est Leonor, & ie loge à Saint Iean.*

HELENE.

*Et moy pour vous le rendre en la mesme monnoye,*

*Helene*

*Helene De Torrés.*

LEONOR.

*Ce m'est beaucoup de ioye,*
*De connoiſtre vne Dame en qui la qualité*
*Auſſi bien que l'eſprit égalle la beauté,*
*Ie reuiendray bien-toſt chez vous vous rendre grace*
*De voſtre bon ſecours.*

HELENE.

*Deuant que le iour paſſe*
*Ie vous viſiteray, Paquette !*

# SCENE VI.

PAQVETTE HELENE.

PAQVETTE.

*Qui va là?*

HELENE.

*Maraude osez vous bien me respondre cela,*
*Dom Diegue a-t'il leu ma lettre?*

PAQVETTE.

*Oüy, Madame.*

HELENE.

*Et que vous a t'il dit?*

PAQVETTE.

*Il vous nomme son ame,*
*Son Ange, son soleil, son inclination,*
*Et cent autres beaux mots d'edification,*
*Qui m'ont bien fait pleurer, car ie suis vn peu tendre,*
*Sans doute ie serois personne aisée à prendre,*
*Et qui me parleroit d'vne mourante voix,*
*Auroit mon cœur, mon ame, & plus si ie l'auois,*
*Quãd ie voy Dom Diegue aupres de vous en larmes,*
*Vous dire cent beaux mots qui sont autãt de charmes,*
*Et que ie considere aussi d'autre costé*
*Helene De Tarrés, dont il est écouté,*
*Qui ne s'en émeut point au lieu de satisfaire*
*Aux obligations.*

HELENE.

*Ie vous feray bien taire,*
*Cette coquine là se méle de précher,*
*Allez dire à quelqu'vn qu'on cherche le cocher.*

Fin du premier Acte.

# ACTE II

## SCENE PREMIERE.

DOM DIEGVE, ROQVESPINE.

DOM DIEGVE.

HA! ie n'ay iamais veu d'homme plus obstiné
En son logis pourtant enfin ie l'ay mené,
Il reuenoit toujours à la Dame inconnuë,
Qu'il auoit rencontrée au milieu de la ruë,
Et n'auoit pas voulu luy monstrer ses beaux yeux,
Qu'il appeloit ses Rois, ses Soleils, & ses Dieux,
Il a fait cent sermens qui ne sont pas vulgaires,
Il a pris le bon Dieu de toutes les manieres,
Disant que la beauté qui le méprise tant,
Deuoit considerer vn homme si constant.
Il m'a fait le recit de toutes ses proüesses,
Et le dénombrement de toutes ses Maistresses,

Et cela peut monter y ioignant les combats
A cent contes pour rire, & tout cela fort bas,
Quoy que nous fussions seuls; il m'a fait voir en prose
Deux discours sur l'estat, du ton de Bellerose,
M'a recité des Vers, enfin il a tant fait,
Que de son sot esprit assez mal satisfait,
Et pour dire le vray de sa personne entiere,
Ie l'ay laissé pestant contre la Dame fiere
Que ie dois visiter pour luy dire qu'elle a
Grand tort de le traiter de cette façon là,
Et de plus il m'a fait bon-gré mal-gré promettre
De joindre à ma visite vne efficace lettre,
Pour rendre cét esprit de Tygre vn peu plus doux.

ROQVESPINE.

Vous deuriez bien-plûtost, Monsieur, songer à vous,
Et sans vous tourmenter pour le repos d'vn autre
Trauailler tout de bon pour establir le vostre,
Helene De Torres, vous mene par le bec,
Met vostre cœur en cendre, & vostre bourse à sec,
Lors que vous luy parlez de conclure l'affaire,
La mattoise qu'elle est adroitement differe,
Et iure son grand Dieu vous faisant les yeux doux
Que si vous l'aimez bien, elle est folle de vous;
Mais que plusieurs raisons qu'elle ne peut apprendre
Mal-gré tout son amour, la font encore attendre,

*Et moy qui vois bien clair, Monsieur ie vous apprend*
*Que le bien de vostre oncle est tout ce qu'elle attend,*
*Non que vous déplaisiez à cette Dame chiche,*
*Mais elle aime le bien, & vous n'estes pas riche.*

DOM DIEGVE.

*Ie seray riche vn iour quand mon oncle mourra;*
*Mon dieu quand moura-t'il?*

ROQVESPINE.

*Le plus tard qu'il pourra;*
*Mais ie veux qu'il soit mort, vous sçauez qu'vn naufrage*
*Peut vous faire décheoir de cét ample heritage,*
*Et la Flotte qui vient que l'Hollandois attend,*
*Et que le plus souuent vous sçauez bien qu'il prend,*
*Si Dieu veut qu'elle prenne Amsterdam pour Seuille,*
*Vous passerez fort mal le temps en cette ville;*
*Et ie veux qu'on me pende en cas que cela soit;*
*Si chez elle iamais l'ingratte vous reçoit,*
*Toute la subsistance est peu s'enfaut tarie,*
*Vous sollicitez mal vostre Commanderie,*
*Tres-inutilement vous tirez comme on dit,*
*De la poudre aux moineaux, & donnez à credit*
*Vostre temps, dont iamais on ne vous tiendra compte.*
*Vous en creuez de rire, & moy i'en meurs de honte,*

DOM DIEGVE.

*Es-tu mon Pedagogue ou bien mon Gouuerneur?*

ROQVESPINE.

*Ie suis vostre Escuyer, de plus homme d'honneur.*

# SCENE II.

FILIPIN, DOM DIEGVE, ROQVESPINE.

FILIPIN entre en chantant.

*QVe la Tour de Vailladolid tombe sur toy,*
*Qu'elle tombe, & te tuë qui m'importe à moy?*
*Giribi &a.*

DOM DIEGVE.

*Ho, ho, c'est Filipin, he bien qu'elles nouuelles?*

FILIPIN.

*Desquelles voulez-vous, dites le moy desquelles,*
*Car i'en ay pour pleurer, & pour ne pleurer pas,*
*I'apporte de l'argent, & i'annonce vn trespas.*

DOM DIEGVE.

*Dis nous donc ce que c'est.*

FILIPIN.

*Ie veux qu'on le deuine*

*Ou il*

*Ou ie ne diray rien.*

DOM DIEGVE.

*Ce laquais a la mine*
*De se faire vn peu battre.*

FILIPIN.

*Et deuant que parler,*
*Ie veux sçauoir où peut ma recompense aller,*
*Et si ie veux de plus outre ma recompense,*
*Que vostre Seigneurie augmente ma dépense.*

DOM DIEGVE.

*He bien cela vaut fait, dis donc succinctement.*

FILIPIN.

*Ce n'est pas là mon compte, il faut absolument*
*Que ie parle beaucoup, ou bien que ie me taise.*

DOM DIEGVE.

*Parle ton saoul.*

FILIPIN.

*De plus ie demande ma chaise.*

DOM DIEGVE.

*Prens en vne:*

FILIPIN.

*Et de plus quand i'auray commencé,*
*Si quelqu'vn m'interompt, ie veux estre offencé,*
*Et qu'on ait là dessus à me bien satisfaire.*

DOM DIEGVE.

*Et qui t'interrompra?*

FILIPIN.

*Ce vieil [illegible] clistere,*
*Cét Escuyer que Dieu confonde, & qui se rit*
*De tout ce que ie dis, & fait du bon esprit.*

DOM DIEGVE.

*Ie te respons de tout, commence donc?*

FILIPIN.

*A d'autres,*
*Vous transgressez dés-ja les conditions nôtres,*
*Ne vous ay-je pas dit? & vous le sçauez bien,*
*Que vous deuinassiez, & vous n'en faites rien.*

DOM DIEGVE.

*Et si ie deuinois qu'aurois-tu plus à dire ?*
*Sçais tu bien gros faquin, que ie suis las de rire,*
*Et si tu fais le sot, qu'à grands coups de baston,*

FILIPIN.

*Ho, ho, ie vous croyois aussi doux qu'vn mouton.*
*Et que Diable vous sert d'auoir leu la Morale ?*
*Vous vous fâchez pour rien, & vous deuenez pâle;*
*Et bien n'en parlons plus, ie parle, écoutez moy.*

DOM DIEGVE.

*Ie ne t'écoute point, ie le sçauray sans toy.*

FILIPIN.

*Vous ne m'écoutez point ? De grace à la pareille,*
*Monsieur accordez moy l'honneur de vostre oreille.*

DOM DIEGVE.

*Ie veux faire à mon tour quelques conditions.*

FILIPIN.

*Faites, ie passe tout, hors les contusions,*
*Qui diable vous a dit que c'estoit là mon tendre ?*
*Ie ne veux point parler, alors qu'on veut m'entendre;*

*Quand on ne le veut plus, i'enrage de parler:*
*Et maintenant, Monſieur, ie ne le puis celer:*
*Si vous me deffendez de dire mes nouuelles,*
*Vous perdez le Phœnix des ſeruiteurs fidelles;*
*Les diſcours retenus me pourront ſuffoquer,*
*Et d'vne mort ſi ſotte on ſe pourra moquer.*

DOM DIEGVE.

*N'y retourne donc plus, parle ie te fais grace.*

FILIPIN.

*Voulez-vous vn diſcours auec vne preface,*
*Et tous les ornemens que i'y pourray donner?*

DOM DIEGVE.

*Deſpéche en peu de mots, & ſans tant badiner.*

FILIPIN.

*Certes il eſt bien vray que iamis la fortune,*

DOM DIEGVE.

*Ce beau commencement dés l'abord m'importune.*

FILIPIN.

*Ie vay changer de ſtyle, outre la penſion,*
*Monſieur ie vous aporte vne ſucceſſion.*

DOM DIEGVE.

*Mon cher oncle est donc mort.*

FILIPIN.

*Et pour longues années,*
*Que de femmes par tout vous vont estre données!*
*Le franc homme d'honneur que vous auez perdu*
*Le grand bien qu'il vous laisse à Seuille rendu!*
*En est bon témaignage, ô la belle monnoye*
*Que de gros patacons son Commis vous enuoye!*
*En argent monnoyé diamants, & lingots,*
*Cent mille beaux écus, trente ieunes magots,*
*Autant de perroquets de cachou plein deux quaisses,*
*Bref trois vaisseaux chargez de toutes les richesses*
*Que possedoit vostre oncle! Helas encore vn coup,*
*En gaignant tant de bien, que vous perdez beaucoup!*
*Mais si vous commandiez qu'on me donnast à boire,*
*Pour m'oster si l'on peut sa mort de ma memoire,*
*Tandis que vous lirez ce que l'on vous écrit,*
*I'irois me delasser, & le corps, & l'esprit,*
*I'ay bien peur de trouuer tout froid dans la cuisine.*

DOM DIEGVE.

*Va le faire manger, & reuien Roquespine.*

ROQVESPINE.

*Le voila qui reuient.*

FILIPIN.

*Monsieur sortant d'icy,*
*Vne Dame voilée, & sa seruante aussi,*
*Qui ne m'a pas paru non plus qu'elle pourrie,*
*Attend pour vous parler en cette Gallerie.*

DOM DIEGVE.

*Dis luy qu'elle entre.*

FILIPIN.

*Entrez, Madame, au nez caché.*
*Dom Diegue est tout seul, & n'est pas empéché.*

# SCENE III.

## LEONOR, BEATRIS VOILE'ES, DOM DIEGVE. FILIPIN.

LEONOR.

C'*Est comme ie le veux.*

DOM DIEGVE.

*Elle a fort bonne mine.*

FILIPIN.

*La putain de seruante a guigné Roqueſpine.*

LEONOR.

*Monſieur pour vn ſujet que vous allez ſçauoir,*
*Faites ſortir vos gens:*

DOM DIEGVE.

*Vous vous ferez donc voir.*

LEONOR.

*Vous n'en serés pas mieux lors que vous m'aurés veuë.*

FILIPIN.

*La Dame qui se cache, est ou vieile, ou barbuë.*

DOM DIEGVE.

*Pour estre ainsi, Madame, a trop bonne façon,*
*Mais alors qu'on se cache, on donne du soupçon.*

FILIPIN.

*Et vous qui paroissez estre la Damoiselle*
*De cette Demoiselle, ou vous n'estes pas belle,*
*Ou i'oze bien gager que vous ne valez rien,*
*Puis que vous vous cachez aux yeux des gẽs de bien.*

BEATRIS.

*Et vous, plaisant, ou fou de Monsieur vostre Maistre*
*Mulletier ou laquais, car tout cela peutestre,*
*Ie gage bien plutost que vous ne valez rien,*
*Puis que vous tourmentez ainsi les gens de bien.*

FILIPIN.

*Il n'a pas mal parlé, ce visage de crespe,*
*O beauté, qui m'auez piqué comme vne guespe!*

*Daignez*

*Daignez me receuoir pour vostre humble freslon ;*
*Quoy que laquais, ie suis fauory d'Apollon.*

LEONOR.

*Sortons, sortons d'icy, Dom Diegue, & sa suitte,*
*Deuoient mieux receuoir ma premiere visite.*

DOM DIEGVE.

*Ha, Madame arrestez, Dom Diegue fera*
*( N'en doutez nullement ) tout ce qu'il vous plaira.*

LEONOR.

*Cõmandés dõc Monsieur encore vn coup qu'ils sortent,*
*Et vous sçaurez de moy choses qui vous importent.*

FILIPIN.

*Adieu belle inconnuë!*

BEATRIS.

*Adieu vilain connu.*

FILIPIN.

*Adieu vieille suiuante ?*

BEATRIS.

*Adieu laquais chenu.*

# SCENE IV.

## LEONOR, DOM DIEGVE,

LEONOR.

*SAns employer le temps en discours inutiles,*
*Et sans vous accabler de parolles ciuiles*
*De la part d'vne Dame à qui vous estes cher,*
*Ie suis icy venuë expres pour vous chercher;*
*Et pour sçauoir de vous si vous estes à prendre,*
*Ou si vous estes pris. Veüillez donc me l'apprendre,*
*Cette Dame a dessein de vous bien marier,*
*En cas que vous soyez vn homme à vous lier;*
*Elle sçait vostre nom, connoist vostre merite,*
*Et c'est pour cela seul que ie vous rends visite.*

DOM DIEGVE.

*Je ne vous diray rien si vous ne promettez*
*De leuer vostre voile, & monstrer vos beautez.*

LEONOR.

*S'il ne tient qu'à cela, vous verrez mon visage,*
*Encore qu'à le cacher, i'aye vn grand auantage,*

*Dittes moy cependant si vous aimez ou non,*

DOM DIEGVE.

*Volontiers.*

LEONOR.

*Vous aimez.*

DOM DIEGVE.

*Oüy i'aime.*

LEONOR.

*Tout de bon.*

DOM DIEGVE.

*Tout ce qu'on peut aimer.*

LEONOR.

*Et vous aimez.*

DOM DIEGVE.

*Helene.*

LEONOR.

*Helene De Torrés.*

DOM DIEGVE.

*C'est elle qui m'enchaine.*

LEONOR.

*Et qui se meurt d'amour pour vous.*

DOM DIEGVE.

*Qui m'aime bien.*

LEONOR.

*Vous le croyez.*

DOM DIEGVE.

*Sans doute.*

LEONOR.

*Et moy ie n'en croy rien.*

DOM DIEGVE.

*Vous ne le croyez pas?*

LEONOR.

*Ie le sçay de sa bouche,*
*Que le bien de vostre oncle, & non pas vous la touche,*

*Et que s'il vous manquoit cette succession,*
*Vous n'auriez iamais part en son affection.*

DOM DIEGVE.

*Femme qui n'estes pas sans doute sans amie,*
*Qui tâchez d'esbranler ma fortune affermie,*
*En venant m'aduertir que l'on ne m'aime pas,*
*Sçachez que vous perdez vostre temps, & vos pas.*
*Helene de Torrés m'aime, ie le veux croire,*
*Plûtost que les auis d'vne Donzelle noire,*
*Dont peut-estre l'esprit que l'on ne sçauroit voir,*
*A son voile est pareil, c'est à dire bien noir.*

LEONOR.

*Ne iugez plus de moy par ma noire figure,*
*Mon visage n'est pas de si mauuaise augure.*
*Regardez moy, Monsieur, s'il vous reste des yeux,*
*Pour d'autres que pour ceux dont vous faites des Dieux.*

DOM DIEGVE.

*O qu'il est difficile apres vous auoir veuë,*
*De se garder des maux qui suiuent vostre veuë,*
*Et si i'auois encor vn cœur à saccager,*
*Madame, qu'auec vous ie serois en danger;*

*Mais, Madame, il me vient, vous ayant regardée*
*De vostre beau visage une confuse idée,*
*Il faut bien qu'autres fois il m'ait esté connu.*

LEONOR.

*Encore est-ce beaucoup de s'estre souuenu*
*D'vn visage commun, & fait comme le nostre,*
*Tandis qu'absolument possedé par vn autre,*
*On ne vit que pour elle, & l'on songe fort peu*
*A voir par charité ceux qu'on sauue du feu;*
*Car de ciuilité l'on n'en espere aucune*
*De qui méprise tout, fors sa bonne fortune.*

DOM DIEGVE.

*Oüy, Madame, il est vray: sontre vous i'ay peché,*
*Vous me l'auez chez moy iustement reproché,*
*En ne vous voyant point, i'en ay fait penitence,*
*Et i'en ay tout de bon beaucoup de repentance.*

LEONOR.

*En ne me voyant point vous n'auez point souffert:*
*Ce que l'on n'aime point, sans regret on le pert,*
*Si vous auez de moy la memoire perduë,*
*Puis qu'à nostre merite elle n'estoit point duë;*
*Me dire qu'en cela vous auez bien peché,*
*C'est rire à mes dépens, & méme à bon marché,*

*Vous adorez des yeux qui vous gardent des nostres:*
*Mais Seigneur Dom Diegue, ouurez vn peu les (vostres.*
*Ne faites pas de moy ce mauuais iugement,*
*De croire qu'à dessein de tromper seulement,*
*Ie vienne icy chez vous, vous auertir qu'Helene*
*Amuse vostre amour d'vne esperance vaine:*
*D'elle mesme ie sçay que son affection*
*Suit seulement l'espoir d'vne succession,*
*Que la succession ou tardiue ou manquée,*
*Rendra de tous vos soins l'esperance mocquée,*
*Et que ce dessein seul fait qu'elle vous reçoit;*
*Ne doutez nullement que tout cela ne soit.*
*A moy mesme, tantost elle a fait confidence*
*De cette trahison qu'elle nomme prudence,*
*Ie suis la Dame mesme à qui ce Dom Iuan*
*Plus funeste pour moy que n'est vn chathuan,*
*A causé le bon heur de se voir dégagée*
*Par vous, lors qu'il m'auoit chez Helene assiegée.*
*Vous m'obligeastes moins en me sauuant du feu,*
*Peut estre cét aduis vous importune vn peu,*
*Ne vous en prenez point à moy, qui vous le donne,*
*Ie ne fais qu'obeïr à certaine personne*
*Dame de grand merite, & qui vous aime assez*
*Pour souhaitter ailleurs vos feus recompensez,*
*Sans vostre engagement vous auriez auec elle,*
*Ce que vous n'aurez point auec vostre infidelle*

*Elle a six mille escus de rente : en qualité,*
*Elle surpasse Helene, & peut-estre en beauté :*
*Ne considere en vous que vostre seul merite*
*Et là dessus, Monsieur, ie finis ma visite.*

DOM DIEGVE.

*Et ne sçauray-je point sa demeure & son nom.*

LEONOR.

*Sans le bien meriter, ie pense bien que non.*

DOM DIEGVE.

*I'iray chez vous l'apprendre.*

LEONOR.

*Et que diroit Helene?*
*Non non n'y venez pas, ie n'en vaux pas la peine.*

SCENE V.

# SCENE V.

## DOM DIEGVE, ROQVESPINE, FILIPIN,

DOM DIEGVE.

*ROquespine laquais, quelqu'vn venez à moy,*
*L'auanture est plaisante, & rare sur ma foy.*
*Sçauez vous ce qu'a fait cette Dame voilée?*

ROQVESPINE.

*Non ie sçay seulement qu'elle s'en est allée.*

DOM DIEGVE.

*Elle a fait ses efforts pour me persuader*
*Qu'Helene me trahit, que ie m'en dois garder,*
*Et que si ie veux rompre auec cette infidelle*
*Vne autre se presente, & plus riche, & plus belle.*

ROQVESPINE.

*Il n'est rien de plus vray, ie l'ay sçeu depuis peu.*

DOM DIEGVE.

*C'est elle qu'vne fois ie garantis du feu.*

ROQVESPINE.

*La peste qu'elle est belle !*

FILIPIN.

*Et ieune.*

ROQVESRINE.

*Et de plus, riche*

FILIPIN.

*C'est dõmage qu'vn champ si beau demeure en friche.*

DOM DIEGVE.

*Elle parloit pour elle, où ie me trompe fort.*

FILIPIN.

*Et prenez la moy donc, ou vous auez grand tort,*
*Prenez la moy, vous dis-je, & me laissez la peine,*
*De découurir au vray l'intention d'Helene.*

DOM DIEGVE.

*Et comment ferois-tu ?*

FILIPIN.

*Feignez tout attristé*
*Que vostre Oncle vous a tout net desherité;*
*Que ma mere est sa sœur, mariée en Galice,*
*Et que par mon bon-heur, ou par mon artifice*
*Luy faisant cent rapports, que vous ne valez rien,*
*Le bon homme en mourant m'a laissé tout son bien.*
*Vous sçauez qu'à la Cour on ne me connoist guere,*
*Que ie parle vn langage estonnant le vulgaire;*
*Et qu'ayant autresfois appris quelque Latin,*
*Ie sçay quoy que laquais dire sort, & destin;*
*Parler Phœbus, escrire, en vers ainsi qu'en prose,*
*Appliquer bien ou mal vne Metamorphose,*
*Si mal-gré mon langage & mine de Pedant*
*Vostre Helene reçoit le nouueau pretendant,*
*Pour l'espoir des grands biens dont il fera fanfare,*
*Plantez pour reuerdir cette Maistresse auare;*
*Prenez moy bien & beau Madame Leonor,*
*Et ce sera changer vostre argent faux en or.*

DOM DIEGVE.

*Bien ie veux essayer auec ton stratageme*
*De sçauoir s'il est vray que c'est mon bien qu'on aime.*

FILIPIN.

*Il fant battre le fer cependant qu'il eſt chaud,*
*L'heritier ridicule agira comme il faut,*

Fin du deuxiéme Acte.

# ACTE III

## SCENE PREMIERE.

### HELENE, DOM DIEGVE.

HELENE.

*MOn Dieu! ne jurez point, ou veritable ou feinte;*
*Vne noire tristesse en vostre face est peinte.*

DOM DIEGVE.

*Estant auprés de vous, pourrois-je m'attrister?*

HELENE.

*Contre la verité voulez-vous contester?*
*Mais ne sçauray-je point le sujet qui vous fache?*

DOM DIEGVE.

*Ce qu'on ne peut celer, il faut bien qu'on le sçache.*

HELENE.

*La flotte a-t'elle fait naufrage?*

DOM DIEGVE.

*Elle est au port*
*Heureusement conduite, & si mon Oncle est mort.*

HELENE.

*Qu'est-ce donc qui vous met en peine?*

DOM DIEGVE.

*En cette lettre*
*Vous verrez un malheur capable de m'y mettre.*

LETTRE.

MONSIEVR, &c.

*Vostre oncle Dom Pelage a cassé en mourant le testament qu'il auoit fait en vostre faueur, & a fait vostre Cousin Dom Pedro de Buffalos son heritier vniuersel: Il ne vous laisse que trois cens Ducats de rente durant vostre vie; J'ay fait ce que i'ay peu pour vous seruir, ie n'ay peu rien obtenir du vieillard, aupres de qui on vous a rendu sans doute de tres-mauuais offices : j'en ſuis au deſeſpoir, & ſuis,*

*MONSIEVR,*

Voſtre tres-humble, & tres-obeïſſant ſeruiteur
GEORGE RINALDI.

HELENE.

*Vous auez grand ſujet de n'eſtre pas content,*
*Et trop de cœur auſſi pour vous affliger tant ;*
*Vne ame genereuſe, & qui n'eſt pas commune,*
*Eſt au deſſus des biens que donne la fortune.*

DOM DIEGVE.

*Pourueu qu'Helene m'aime, & me veuille du bien,*
*Les malheurs les plus grands me touchent moins que rien,*
*Sa main miſe en la mienne, ainſi que ie l'eſpere ;*
*Car il n'eſt plus ſaiſon que ſa bonté differe*
*De m'accorder bien-toſt ce ſenſible bon-heur,*
*Dont le retardement bleſſeroit mon honneur :*
*Sa main, dis-je, donnée & la mienne receuë*
*Feront qu'en ſes deſſeins la Fortune deceuë*
*Me laiſſera iouïr de ce bon-heur parfait,*
*Sans me plus tourmenter, comme elle a toûjours fait.*

*Ne differez donc plus ce bien incomparable,*
*Faites vn homme heureux d'vn homme miserable:*
*Acheuez ma fortune en public dés demain,*
*Et receuant mon cœur, donnez moy vostre main.*

HELENE.

*Vous pressez vn peu trop ce qu'on peut toûjours faire,*
*Vouloir estre mon Maistre, est-ce vouloir me plaire?*
*Vous m'aimez Dom Diegue, au moins, ce dites vous,*
*I'aime bien Dom Diegue, & crains fort vn espous:*
*Vous n'auez point de bien, i'aime fort la despense,*
*Iugez par ce discours de tout ce que ie pense.*

DOM DIEGVE.

*Vous refusez vn bien si long temps attendu?*

HELENE.

*Osez-vous vous en plaindre, & vous estoit-il dû?*

DOM DIEGVE.

*O que vous cachiez bien vostre ame interessée!*

HELENE.

*O qu'en vous espousant ie serois insensée!*

DOM

DOM DIEGVE.

*Ie ne le pouuois croire alors qu'on me l'apprit*
*Que vous aimiez le bien.*

HELENE.

*C'est auoir de l'esprit.*

DOM DIEGVE.

*Vous en auez beaucoup, mais bien plus d'auarice.*
*O que mon beau cousin frais venu de Galice*
*Seroit bien vostre fait, tout mal basti qu'il est!*

HELENE.

*Vous pensez-vous railler? s'il est riche, il me plaist.*

DOM DIEGVE.

*Et ne craignez-vous point de passer pour infame?*

HELENE.

*Non, mais ie crains bien fort de me voir vostre femme.*

DOM DIEGVE.

*Ie me verrois vanger par vous mesme, de vous,*
*Si mon sot de Cousin deuenoit vostre espous.*

H

HELENE.

*S'il n'est pas comme vous accablé de misere,*
*Et non pas comme vous d'vne ame peu sincere,*
*Ie ne le cele point, ie l'aimeray bien mieux*
*Qu'vn inciuil, vn braue, vn pauure, vn glorieux.*

# SCENE II.

## PAQVETTE, DOM DIEGVE, HELENE.

PAQVETTE.

*Madame vn Caualier, ou qui paroiſt de l'eſtre,*
*Suiuy d'vn Eſcuyer bien mieux fait que ſon Maiſtre,*
*Demande à vous parler, i'ay retenu ſon nom:*
*Pedro de Buffalos, il ſe donne du Dom,*
*Ie croirois pourtant bien en voyant ſa perſonne,*
*Que ce Dom a beſoin que quelqu'autre luy donne.*

DOM DIEGVE.

*C'eſt mon Couſin luy meſme.*

HELENE.

*He bien ie le veux voir;*
*Qu'on le faſſe monter, ie le veux receuoir,*
*Pour vous faire deſpit en homme de merite.*

DOM DIEGVE.

*Dieu veuille que l'amour ſuccede à la viſite.*

HELENE.

*O l'eſtrange figure!*

# SCENE III.

## FILIPIN, DOM PEDRO DE BVFFALOS, CARMAGNOLLE, DOM DIEGVE, HELENE, PAQVETTE.

FILIPIN, ou DOM PEDRO DE BVFFALOS.

HA pardon bel objet !
*Ie pensois bien encore faire vn plus long trajet ;*
*I'ay trauersé déja deux salles & deux chambres.*
*Ce logis, Dieu me sauue, a quantité de membres :*
*Que dites-vous de moy, d'oser sans parasol*
*Visiter vn Soleil, c'est vn acte de fol ?*
*Mais dans l'occasion ie vay teste premiere :*
*Quitte pour me saulcer vn peu dans la Riuiere :*
*En quittant vos beaux yeux, qui sont miroirs ardens.*
*Hola, ie suis tout seul, Carmagnolle, mes gens,*
*Carmagnolle.*

CARMAGNOLLE.

*Monsieur.*

FILIPIN, ou D. PEDRO DE BVFFALOS.

*Tien moy bien, ie palpite !*
*O dangereuse veuë ! ô fatale visite !*
*Cousin où prens-tu donc l'aquiline valeur,*
*Qui fait que sans ciller, sans changer de couleur,*
*Sans baisser seulement à demy la paupiere,*
*Tu la guignes en Aigle vne iournée entiere ?*
*Helas ! ie ne la voy que depuis vn moment ;*
*Et ie me sens déja tout ie ne sçay comment :*
*Mais elle ne dit mot, me semble cette belle,*
*I'aime les gens d'esprit, di Cousin en a-t'elle ?*

DOM DIEGVE.

*Et du plus raffiné.*

FILIPIN, ou DOM PEDRE.

*Ie luy rendray des soins.*

HELENE.

*Si ie ne vous dis mot, ie n'en pense pas moins.*

FILIPIN, ou DOM PEDRE.

*Ie ne prens pas aussi plaisir qu'on m'interrompe ;*
*Vous m'aimez, n'est-ce pas ?*

DOM DIEGVE.

*Oüy si ie ne me trompe.*

HELENE.

*Qui ne vous aimeroit ?*

FILIPIN, ou DOM PEDRE.

*Bon, elle le prend bien :*
*Ha petite ciuette! Ha chatte! Ha petit chien !*
*Petit chien, ce mot là pour femme est ridicule.*
*Ha pardon! ie voulois vous nommer canicule;*
*Mais vous auez bon sens, & vous sçauez fort bien*
*Qu'on nomme également femelle & masle vn chien.*
*Ha vous m'assassinez de certaines œillades,*
*Qui rauissent les gens en les faisant malades.*
*Vos yeux m'ont inspiré de certains sentimens,*
*Qui sont fort opposez aux saincts commandemens.*
*Madame fermez-les, fermez-les ces paupieres,*
*Ces assassins qui font enfler les cimetieres.*
*Mais ne les fermez point, brûlez ie le veux bien,*
*Brûlez mon pauure cœur, ie n'y pretens plus rien:*
*Vous me gastez l'esprit, ou la peste me tuë,*
*Et ma pauure raison de desirs combatuë*
*M'oblige à vous parler en termes ambigus.*
*Ha si i'auois cent yeux comme defunct Argus,*

*Ou si i'estois aueugle ainsi que Tiresie,*
*Ou si vous auiez pris assez de maluoisie,*
*Et mangé tant de pain, que Cerés & Bachus*
*Vous peussent rendre ensin prenable par blocus,*
*Ou si ie sçauois bien ce que ie vous veux dire,*
*Ou si i'auois pouuoir de m'empescher de rire,*
*Comme vous que ie voy vos deux lévres manger,*
*Tant vous auez eu peur de me desobliger!*
*Mais riez, bel objet, riez si bon vous semble,*
*Et pour vous enhardir, rions ma belle ensemble.*
*C'a ie vay commencer, rions à l'vnisson:*
*Mon Dieu que vous riez de mauuaise façon!*
*Hi, Hi, Hi, Hi, Hi, Hi, vous riez en guenuche,*
*Adorable beauté qui m'allez rendre cruche:*
*Ie dis vos veritez, c'est mon plus grand regret.*
*Si ie vous aimois moins, ie serois plus discret:*
*Mais vous venez encor assassinante œillade,*
*Malgré mes beaux discours sur moy battre l'estrade!*
*He tresue de matras, ils sont hors de saison,*
*Et parmy les Chrestiens c'est vne trahison.*
*Ie vous le maintiendray, merueille des merueilles*
*Tout à l'heure en camp clos auec armes pareilles:*
*Mais vous deliberez, & tant deliberer*
*Sur vn semblable cas c'est me desesperer.*
*He bien, ma belle, he bien suis-je en amour nouice,*
*C'est le stile d'amour dont l'on vse en Galice.*

S'il

S'il n'est pas à la mode, il le faudra changer;
Pour vous ie feray tout, iusqu'à me fustiger.

HELENE.

Ie ne veux pas de vous vne si rude espreuue.

FILIPIN.

Si vous me promettiez de n'estre iamais vefue,
Quoy que i'aye vn regard de Caton le Censeur,
Nous autres Buffalos, sçauons tous vn coup seur
Pour faire des enfans, & la generatiue
Dedans nous fait la nique à la vegetatiue:
Estant generatif plus que vegetatif,
Il ne tiendra qu'à vous qu'vn nœud copulatif,
En langage moins fin que l'on nomme Hymenée,
Ne nous ioigne tous deux, & dés cette iournée.

HELENE.

Connoissons nous deuant, & ne nous pressons point.

FILIPIN.

Carmagnolle.

CARMAGNOLLE.

Monsieur.

FILIPIN.

*Degrafe mon pourpoint,*
*L'amour qui dans mon cœur chante ville gagnée*
*Excite en mon jabot exhalaiſon ignée.*

HELENE.

*Vrayment, mon Caualier, ce terme de jabot*
*Eſt vn terme fort bas, & qui ſent le ſabot.*

FILIPIN.

*Vn homme comme moy peut le mettre en vſage:*
*Couſin approuues-tu ce ſubit mariage?*
*Di puis-je mieux choiſir? Peut-t'elle choiſir mieux?*

DOM DIEGVE.

*Vous monſtrez en cela que vous auez bons yeux:*
*Je prens congé de vous Madame.*

FILIPIN, ou DOM PEDRE.

*Et ie demeure*
*Aupres de ce bel Ange.*

DOM DIEGVE tout bas à Carmagnolle.

*Elle eſt priſe ou ie meure.*

FILIPIN, ou DOM PEDRE.

*Carmagnolle.*

CARMAGNOLLE.

*Monsieur.*

FILIPIN, ou DOM PEDRE.

*Qu'on me donne vn fauteüil,*
*D'où ie puisse aisément faire la guerre à l'œil*
*Sur ces tetons de laict, amoureuses collines;*
*Ces deux mondes jumeaux, ces boulles assassines,*
*Carmagnolle.*

CARMAGNOLLE.

*Monsieur.*

FILIPIN, ou DOM PEDRE.

*Mon rabat est-il bien?*

CARMAGNOLLE.

*Il est bien.*

FILIPIN, ou DOM PEDRE.

*Et le reste?*

CARMAGNOLLE.

*Il ne vous manque rien.*

FILIPIN, ou DOM PEDRE.

*Carmagnolle.*

CARMAGNOLLE.

*Monsieur.*

FILIPIN, ou DOM PEDRE

*I'en tien, i'en ay dans l'ame*
*Carmagnolle.*

CARMAGNOLLE.

*Monsieur.*

FILIPIN, ou DOM PEDRE.

*Ne dis plus rien. Madame*
*Que dites-vous de moy?*

HELENE.

*Ie dis que vous valez,*
*Tout ce qu'on peut valoir.*

FILIPIN, ou DOM PEDRE.

*Ha vous me cajollez,*
*Et moy ie dis de vous que déja i'extrauague;*
*Enfin que ma raison auprés de vous naufrague.*

HELENE.

*Ce terme est fort nouueau.*

FILIPIN, ou DOM PEDRE.

*Ie parle elegamment,*
*Et non pas mon Cousin qui parle bassement;*
*Escoutez, escoutez, ie vay dire merueilles,*
*Vous rauissez mes yeux, defendez vos oreilles,*
*Si le stile est trop haut, ie l'accommoderay*
*A vostre connoissance, & l'humaniseray.*

HELENE.

*Vous me ferez plaisir, pourueu que ie l'entende.*

FILIPIN, ou DOM PEDRE.

*Moitié Zone Torride, & moitié Groenlande,*
*Qui Torride brûlez, Groenlande glacez,*
*Treve de glace & feu, c'est assez, c'est assez,*
*De vos regards doublez les forces agissantes*
*Font sur mon pauure cœur impressions puissantes:*

*Mitigez les, Madame, ou s'en faudra bien peu,*
*Si vous continuez, que ie ne crie au feu.*
*Me voila tantost cuit, quoy qu'aussi dur que roche,*
*En donnant seulement encor vn tour de broche :*
*Et bien vous en riez?*

HELENE.

*Tout autant que ie puis.*

FILIPIN, ou DOM PEDRE.

*Ie diuertis toûjours les maisons où ie suis,*
*Cependant qu'en resvant mon esprit se repose*
*Carmagnolle.*

CARMAGNOLLE.

*Monsieur.*

FILIPIN, ou DOM PEDRE.

*Raconte quelque chose*
*A Madame fais luy quelques contes plaisans,*
*Tels que tu m'en faisois durant mes jeunes ans:*
*Tu me dis quelquesfois mille coyonneries,*
*Qui font creuer de rire : & dans tes railleries*
*Tu reüssis assez ; mais tréve du prochain,*
*Dis luy que Dom Diegue est pour mourir de faim,*

*Et qu'il a seulement pour sa mere ma tante,*
*Pour ses sœurs, & pour luy trois cens Ducats de rente,*
*Qu'il ne peut disposer de ces trois cens Ducats,*
*Mais du seul vsufruict ; ce qui n'est pas grand cas,*
*Qu'il a perdu ce bien pour mainte & mainte faute,*
*Qu'il pensoit tout auoir, & contoit sans son hoste,*
*Que pour auoir esté par trop Venerien,*
*Ioueur, filou, hargneux ; en vn mot vn vaut-rien.*
*Mon Oncle Dom Pelage ayant appris ces choses*
*L'a frustré de son bien pour ces trop iustes causes,*
*Que ce qu'il m'a laissé vaut en argent contant*
*Trois cens mille Ducats.*

CARMAGNOLLE.

*Et les meubles autant.*

HELENE.

*Vrayment, mon Caualier, vous estes donc bien riche?*

FILIPIN, ou DOM PEDRE.

*Oüy, ma belle, & sçachez si vous n'estes pas chiche*
*De ce que ie ne veux receuoir que de vous,*
*Que tous mes biens seront en commun entre nous.*

HELENE.

*Refuser vn bon-heur alors qu'il se presente,*

*C'est n'auoir point d'esprit.*

FILIPIN, ou DOM PEDRE.

*Ce discours me contente ;*
*I'ay de plus vn procés aussi clair que le iour,*
*Qui sera terminé bien-tost en cette Cour,*
*Dont i'attens force bien, c'est vne bonne affaire ;*
*Escoutez & voyez si la chose est bien claire.*
*Mon grand-pere l'honneur de tous les Buffalos*
*Vendit certaine terre au Seigneur d'Aualos.*
*A quelque temps de là cette terre venduë*
*Deux cens deux mille escus, dont la somme estoit duë*
*A mon Oncle, de qui les enfans heritiers*
*S'opposans au decret seulement pour vn tiers.*
*Ma tante mariée auec vn Aquauiue*
*Obtint contre l'arrest sentence infirmatiue :*
*Par retrait lignager forme opposition,*
*Et reprend tout le bien ; mais par intrusion*
*La chose n'estant pas encore homologuée,*
*Ie dis que la Coutume est fort mal alleguée,*
*Et que i'y dois rentrer. I'ay sçeu d'vn Aduocat*
*Que le procés pourtant estoit fort delicat ;*
*Mais i'ay de bons amis, & ie sçay la chicane,*
*Trouuez-vous cette affaire obscure ou diaphane ?*

HELENE.

*Ie ne l'entens pas bien.*

FILIPIN

FILIPIN, ou DOM PEDRE.

*En bonne verité*
*I'y trouue comme vous beaucoup d'obscurité,*
*Par mon Soliciteur ie vous la feray dire.*
*Carmagnolle.*

CARMAGNOLLE.

*Monsieur.*

FILIPIN, ou DOM PEDRE.

*Approche, sçais-tu lire?*

CARMAGNOLLE.

*Oüy, Monsieur.*

FILIPIN, ou DOM PEDRE.

*Tu sçais donc combien i'ay de magots?*

CARMAGNOLLE.

*Trente.*

FILIPIN, ou DOM PEDRE.

*Et de perroquets.*

CARMAGNOLLE.

*Autant.*

FILIPIN, ou DOM PEDRE

*Et de lingots?*

CARMAGNOLLE.

*Ie n'en ſçay pas le nombre.*

FILIPIN, ou DOM PEDRE.

*Et l'eſcarboucle fine.*

CARMAGNOLLE.

*C'eſt vn riche treſor, vne pierre diuine.*

FILIPIN, ou DOM PEDRE.

*Mon Oncle la trouua chez Attabalippa,*
*Elle eſtoit à Ganac fils de Gainaccappa,*
*Qui ſe fit baptiſer, & fut appellé George.*
*Foin ces noms Indiens me font mal à la gorge;*
*I'ay de fort beaux rubis dont ie fais fort grand cas.*

CARMAGNOLLE.

*Et deux cens diamans.*

FILIPIN, ou DOM PEDRE.

*Ie ne m'en ſouuiens pas.*

CARMAGNOLLE.

*Ny moy de ces rubis.*

FILIPIN, ou DOM PEDRE.

*Ce chien de Carmagnolle*
*Se faſche bien ſouuent pour la moindre parole :*
*Mais ie vay receuoir quatorze mille eſcus.*
*Adieu beaux yeux brillãs, dõt les miens ſont vaincus,*
*Ne vous ennuyez point, belle en charmes fertile,*
*Que nous aurons d'enfans ſi vous n'eſtes ſterile !*
*En cas cela s'entend, que ie ſois voſtre eſpous.*

HELENE.

*Cela pourra bien eſtre.*

FILIPIN, ou DOM PEDRE.

*Il ne tiendra qu'à vous.*

PAQVETTE.

*Quoy vous voulez, Madame, apres vn Dom Diegue*
*Choiſir vn Campagnard, & de plus vn Gallegue?*

HELENE.

*Quand il est question d'establir mon repos*
*M'iray-je embarasser d'vn gueux mal à propos?*

PAQVETTE.

*Vn mari ieune & beau vaut bien la bonne chere:*
*Le plaisir vaut l'argent, i'ay oüy dire à ma mere:*
*Lors qu'à mes grandes sœurs elle faisoit leçon,*
*Qu'il faut choisir toûjours ieune chair, vieux poisson:*
*Dieu veuille auoir son ame, elle en sçauoit biẽ d'autres.*
*Ie me souuiens qu'vn iour disant ses patenostres,*
*Elle vint à parler du plaisir de la chair,*
*Où repentir, dit-on, suis toûjours le pecher.*

HELENE.

*He bien que diras-tu? ne te veux-tu pas taire?*

PAQVETTE.

*Alors que i'ay raison, i'ay bien peine à le faire:*
*Madame encore vn mot, puis apres ie me tais.*

HELENE.

*Dis en trois si tu veux, & puis me laisse en paix.*

PAQVETTE.

*I'accepte le party, ſçauez-vous bien Madame*
*Que ce nouueau galand ſentoit l'ail ſur mon ame?*

HELENE.

*Opulent comme il eſt, moy n'ayant point de bien,*
*Il eſt bien mieux mon fait, que quelque bon à rien:*
*Ie l'auray dans ſix mois, de bien fou, fait bien ſage,*
*Et changeray bien-toſt ſa mine & ſon langage.*

PAQVETTE.

*Et moy deuant ſix mois ie luy ferois porter.*

HELENE.

*Si ie prens vn baſton, ie t'iray bien frotter.*

# ACTE IV.

## SCENE PREMIERE.

### DOM DIEGVE, LEONOR.

DOM DIEGVE.

*La chose s'est passée ainsi que ie le di.*

LEONOR.

*Vrayment elle est plaisante, & le tour bien hardi.*
*Ie voudrois qu'autrement elle se fust passée,*
*Et ie sçay ce que peut vne femme offensée.*

DOM DIEGVE.

*Offensée ou contente, & moy ie sçay fort bien*
*Que n'estant plus qu'à vous, elle ne tient plus rien.*

LEONOR.

*Ie n'ay pas iusqu'icy grand sujet de le croire.*

DOM DIEGVE.

*Et moy i'en ay beaucoup de perdre la memoire*
*D'vne auare beauté, qui se moque de moy,*
*Et de vous consacrer mon amour & ma foy.*

LEONOR.

*Le temps découurira la verité des choses.*

DOM DIEGVE.

*Ie vous aime, & la hais pour de trop iustes causes,*
*Pour auoir à chercher l'assistance du temps.*
*Si ie suis remarquable entre les plus constans*
*Pour les soins assidus d'vn immuable Zele,*
*Que feray-je pour vous, ayant tant fait pour elle?*
*Que ne feray-je point de vous fauorisé,*
*Si i'ay tant fait pour elle, en estant abusé?*
*Mes seruices rendus, dont maintenant i'ay honte,*
*Selon toute equité doiuent entrer en conte*
*Chez l'ingrate, i'ay fait mon approbation,*
*I'auray de vous le prix de mon affection:*
*Ne differez donc point.*

BEATRIS.

*Vostre Madame Helene*
*Demande à voir Madame.*

DOM DIEGVE.

*Et sa fiévre quartaine,*
*Et que vient-elle faire ?*

LEONOR.

*Elle vient vous chercher.*

DOM DIEGVE.

*Ie ne le pense pas.*

LEONOR.

*Allez tost vous cacher*
*Dedans mon cabinet.*

DOM DIEGVE.

*Que ie la donne au diantre,*
*Et du bon de mon cœur.*

LEONOR.

*Cachez vous donc, elle entre.*

# SCENE II.

## HELENE, LEONOR, PAQVETTE.

HELENE.

*VOus voyez comme quoy ie cultiue auec ſoin*
*L'honneur de vous reconnoiſtre ?*

LEONOR.

*Il n'eſtoit pas beſoin*
*Pour ſi peu de ſujet de prendre tant de peine :*
*Mais les ciuilitez de la charmante Helene*
*Sont toutes dans l'excez, & c'eſt me reprocher*
*Que m'ayant obligée, il falloit rechercher*
*Dés aujourd'huy l'honneur de la voir la premiere :*
*Accordez vn pardon à mon humble priere,*
*Vous verrez par les ſoins que ie veux prendre exprés*
*Qu'il eſt bon de faillir pour faire mieux aprés ;*
*Voſtre bonté pourtant en m'obligeant m'afflige,*

HELENE.

*Quand on vous fait plaiſir, ſoy-meſme l'on s'oblige.*

L.

*Pour le peu que i'ay fait tant de remerciement*
*Me fait voir ma foibleſſe aſſez adroitement :*
*Mais ſi ie l'auois pû, i'aurois fait dauantage.*

LEONOR.

*L'interpretation ſenſiblement m'outrage,*
*Ie ne conteſte pas auec vous de l'eſprit :*
*La conuerſation de l'autre iour m'apprit*
*Combien vous en auez, & que iointe à vos charmes*
*Perſonne contre vous n'a d'aſſez fortes armes.*

BEATRIS.

*Madame.*

LEONOR. elle parle à l'oreille.

*Approchez-vous, eſt-il déja là bas ?*

BEATRIS.

*Oüy, Madame.*

LEONOR.

*A l'inſtant ie reuien ſur mes pas,*
*Vous me pardonnez bien vne faute ſi grande,*
*C'eſt vn Oncle Tuteur qui là bas me demande.*

HELENE.

*Nous ne ſommes icy que pour vous obeïr.*

LEONOR.

*Pour cét acte inciuil, vous me deuriez haïr:*
*Mais vous excuserez, comme vous estes bonne,*
*Vne necessité.*

HELENE.

*L'excellente personne*
*Que cette Leonor.*

PAQVETTE.

*Chacun en dit du bien.*

HELENE.

*Sa chambre est magnifique.*

PAQVETTE.

*Elle n'espargne rien*
*Pour estre bien meublée.*

HELENE.

*Approche toy Paquette,*
*L'agreable tapis pour estre de moquette,*
*Ce cabinet est riche, & plein de bons tableaux.*

PAQVETTE.

*Ie ne sçay s'ils sont bons, mais ie les trouue beaux.*

HELENE.

*N'y vois-je pas quelqu'vn? quel homme pourroit-ce estre?*

PAQVETTE.

*C'est vn que vous deuez, me semble bien connoistre.*

HELENE.

*Mendoce?*

PAQVETTE.

*C'est luy-mesme.*

HELENE.

*Ha le traistre c'est luy,*
*Qui l'auroit iamais dit?*

PAQVETTE.

*En sortant aujourd'huy*
*Il paroissoit fasché, vous en sçauez la cause.*

LEONOR.

*Ie reuiens mon tuteur ne vouloit pas grand chose.*

*Vous auez mal passé le temps.*

HELENE.

*Vous vous trompez;*
*Les sens ne sont icy que trop bien occupez;*
*Ce cabinet est plein de peintures fort belles,*
*Qui diuertissent bien.*

LEONOR.

*I'en ay de telles qu'elles.*

HELENE.

*Sont-elles d'Italie? & sont-ce originaux?*
*Vous auez vn portrait pourtant que ie tiens faux,*
*Qui fut long temps à moy, mais ie m'en suis deffaite:*
*Comment auez-vous fait cette mauuaise emplette?*

LEONOR.

*Vous y connoissez-vous?*

HELENE.

*Ie m'y connois fort bien.*

LEONOR.

*Ne vous y trompez plus, vous n'y connoissez rien,*
*Le portrait est de prix, & vaut bien qu'on le garde,*

*Vne ame genereuse à la bonté regarde,*
*Ne fut-il que passable, estant sans interest,*
*Ie l'aimeray toûjours à cause qu'il me plaist:*
*Aimer pour le profit, c'est estre mercenaire.*

HELENE.

*Courir sur le marché d'vn autre, est-ce bien faire?*

LEONOR.

*Courir apres l'argent ce n'est pas faire mieux.*

HELENE.

*C'est auoir le goust bon,*

LEONOR.

*Et de fort mauuais yeux*
*De mespriser la forme, & choisir la matiere.*

HELENE.

*Vostre portrait en l'vn & l'autre ne vaut guere.*

LEONOR.

*Peut-estre en auez-vous tasté; car autrement*
*Vous ne parleriez pas de luy si hardiment.*

HELENE.

*Ie ne taste iamais d'vne chose mauuaise,*

LEONOR.

*Vous estes delicate, & moy ie suis bien aise*
*Aux despens de mon goust de croire en tout honneur*
*Qui dans la vertu seule establit le bon-heur.*

HELENE.

*Vous estes bien parfaite.*

LEONOR.

*Et point du tout auare.*

HELENE.

*C'est trop voir pour vn coup vne Dame si rare.*
*Paquette suiuez moy.*

LEONOR.

*Ie vous visiteray.*

HELENE.

*Vous pouuez mieux passer le temps.*

LEONOR.

*Je vous croiray.*

*Madame encore vn mot.*

HELENE.

*Parlez viste, i'ay haste.*

LEONOR.

*Vn portrait de Prouince en peu de temps se gaste,*
*La pluspart en sont faux sans les bien esplucher:*
*N'en acquerez iamais.*

HELENE.

*Et vous sans le cacher*
*Ne retenez iamais ce qu'il faut que l'on cache.*

LEONOR.

*Vostre face est en feu, quelque chose vous fasche.*

HELENE.

*Ie rougis, mais de vous.*

LEONOR.

*De moy ie le veux bien,*
*Et moy ie ris de vous, pour ne vous deuoir rien.*

BEATRIS.

*Ha, Madame, elle enrage.*

LEONOR.

*Et moy ie ſuis rauie,*
*Ie ne paſſay iamais mieux le temps de ma vie;*
*Mais Dom Diegue a tort, il ſe deuoit cacher.*

BEATRIS.

*L'auanture eſt pour rire, & non pour ſe faſcher.*

LEONOR.

*Dom Diegue!*

DOM DIEGVE.

*Madame,*

BEATRIS.

*Elle s'en eſt allée,*
*Madame l'a, me ſemble, aſſez mal conſolée*
*De vous auoir perdu.*

DOM DIEGVE.

*Comment?*

BEATRIS.

*On vous a veu.*

DOM DIEGVE.

*Ha ! Madame pardon, surpris au dépourueu,*
*Si iamais ie le fus, sans songer à la porte,*
*I'ay gaigné vostre Alcoue.*

LEONOR.

*Il n'importe, il n'importe,*
*Ie m'en vay vous conter tout ce qu'elle m'a dit :*
*Mais ie n'ay rien voulu prendre d'elle à credit,*
*Ie l'ay bien-tost payée en la mesme monnoye.*
*O le fâcheux objet que le mal-heur m'enuoye !*
Elle s'enfuit dans son cabinet. *Adieu ie me retire,*

# SCENE III.

## DOM IVAN, DOM DIEGVE, LEONOR.

DOM IVAN.

*HE de grace arreſtez,*
*I'ay donc toûjours pour moy des inciuilitez,*
*Et ie verray toûjours fauoriſer les autres?*
*Mais il m'importe peu, ie ne ſuis plus des voſtres,*
*Vous ne me verrez plus embraſſer vos genoux.*

DOM DIEGVE.

*I'eſtois icy venu pour luy parler de vous:*
*Mais i'ay perdu ma peine, elle eſt toûjours la méme,*
*Et pour vous ſa rigueur, ie l'auouë, eſt extréme.*

DOM IVAN.

*Il m'eſt indifferent qu'elle ſoit douce ou non,*
*I'en veux tout oublier, & , ſi ie puis, le nom,*
*Et c'eſt là le ſujet, qui chez elle m'ameine:*
*I'ay deſſein de ſeruir cette Madame Helene,*

*Que vous connoissez tant, & qui la retira*
*Chez elle, quand l'ingratte enfin me declara*
*Qu'elle ne m'aimoit point : depuis cette iournée*
*I'ay resolu d'aimer quelque Dame bien-née,*
*Et qui reconnoistra la constance, & la foy*
*D'vn homme de merite, enfin fait comme moy.*

DOM DIEGVE.

*Ie trouue en ce dessein quelque obstacle, me semble,*
*Vn Dom Pedre la sert, ils sont fort bien ensemble,*
*Dom Pedre est mon cousin, des champs tout frais venu.*

DOM IVAN.

*Ce que vous voulez dire à moy-méme est connu :*
*Mais ce Dom Pedre là n'est qu'vne grosse beste.*

DOM DIEGVE.

*Il est vray, mais ie sçay qu'elle l'a dans la teste,*
*A cause qu'il est riche, elle aime plus le bien*
*Que vertu ny noblesse.*

DOM IVAN.

*Et moy ie n'en croy rien.*
*Ce Dom Pedre tantost luy donne serenade,*
*L'homme que vous voyez, luy dresse vne embuscade,*

*Où ie feray sçauoir à ce gros paysan,*
*Combien pesent les coups que donne vn courtisan:*
*Nous verrons à ce soir lequel a belle amie.*

DOM DIEGVE.

*Vous irez éveiller vne Dame endormie,*
*Faire aboyer des chiens, émouuoir le Bourgeois,*
*Faire pleuuoir sur vous des pierres, & du bois.*
*Laissez là ce Dom Pedre, & par mon entremise,*
*Helene vous sera demain peut-estre acquise.*
*Si vous me promettez d'agir d'autre façon:*
*Ce Campagnart Dom Pedre, est vn mauuais garçon,*
*Et bien qu'il soit d'esprit, & de corps ridicule,*
*Il passe en son pays pour vn braue, vn Hercule.*

DOM IVAN.

*Bien s'il est vn Hercule, & moy i'en seray deux,*
*Demordre d'vn dessein, quand il est hazardeux,*
*Ie ne le fis iamais, vous perdez vostre peine,*
*Il laissera la vie, ou bien l'amour d'Helene.*

DOM DIEGVE.

*Dom Iuan, croyez moy, le cas est bien douteux;*
*Faites plus sagement, attendez le boiteux:*
*Sur le moindre incident, on rompt vn mariage.*

DOM IVAN.

*Et durant ce temps là, que fera mon courage?*

DOM DIEGVE.

*Ie vous en auertis, mon cousin se bat bien?*

DOM IVAN.

*Et moy, me bats-je mal?*

DOM DIEGVE.

*Vous n'y gaignerez rien.*

DOM IVAN.

*Y gaigner de l'honneur auec vne Maistresse,*
*N'est-ce pas bien gaigner? adieu le temps me presse,*
*Ie m'en vais de ce pas m'asseurer de mes gens.*

DOM DIEGVE.

Leonor sort de son cabinet.

*Ie t'estrilleray bien tantost, mal-gré tes dents,*
*Auez vous entendu ce qu'il m'est venu dire?*

LEONOR.

*Oüy i'ay tout entendu.*

DOM DIEGVE.

*Ie croy que le bon Sire*

*Auoit pris de son vin : il me fâcheroit fort,*
*Comme il sera tantost sans doute le plus fort,*
*S'il battoit mon laquais : i'y donneray bon ordre,*
*Et i'empécheray bien ce gros mastin de mordre.*
*Il les fera beau voir, mon valet est poltron,*
*L'autre ne l'est pas moins, pour estre fanfaron !*
*Bon, voila Roquespine, il vient à la bonne heure.*
*Va querir vne espée, & choisis la meilleure.*
*Prend ma iaque de maille, & ma rondelle aussi,*
*Et reuien vistement me retrouuer icy.*

ROQVESPINE.

*Suis-je de la partie?*

DOM DIEGVE.

*Et pourquoy non? apporte*
*Ce qu'il faut pour nous battre, & de la bonne sorte.*

ROQVESPINE.

*Vous me verrez icy dans vn petit moment.*

LEONOR.

*M'aimez vous, Dom Diegue?*

DOM DIEGVE.

*Oüy, tres asseurément.*

LEONOR.

*Ne vous parjurez point, ie croy bien le contraire.*
*Puis que vous m'aimez bien, comment pouuez vous*
*De semblables desseins, encore deuant moy? (faire*

DOM DIEGVE.

*Ie fay voir mon amour, faisant ce que ie doy,*
*C'est vous meriter peu que d'estre sans courage.*

LEONOR.

*O l'estrange discours à quoy l'amour m'engage!*
*Ie rougis, ha! mon Dieu ne me regardez point:*
*I'aime bien Dom Diegue, & ie l'aime à tel poinct,*
*Que pour le conseruer, ie ne veux plus rien dire,*
*Ie n'en ay que trop dit: adieu, ie me retire.*

DOM DIEGVE.

*Ha! Madame acheuez le discours commencé:*
*Il estoit obligeant, mais vous l'auez laissé.*
*Puis qu'en si peu de temps vous changez ma fortune,*
*C'est apres auoir pleu, signe que i'importune:*
*Ie ne le cele point, d'vn tel mal combatu*
*Mon cœur desesperé manquera de vertu.*
*Ie redoute bien moins vn ame de Tygresse,*
*Que l'inégalité d'vne belle Maistresse.*

De

*De ce charmant discours, qui vous a destourné?*
*Il promettoit beaucoup, mais il n'a rien donné.*

LEONOR.

*S'il a promis beaucoup, ie tiendray sa promesse,*
*Si i'auois moins d'amour, i'aurois moins de foiblesse:*
*Puis que vostre courage estonne mon amour,*
*Ne se hazarder point, c'est bien faire sa cour.*

DOM DIEGVE.

*Si ce grand Fanfaron par mal-heur alloit battre*
*Mon lacquais, il faudroit l'assommer ou combattre;*
*Ie hazarde bien moins, empéchant son dessein.*

LEONOR.

*On ne conserue pas vn iugement bien sain,*
*Quand on a de l'amour; mais souuent le courage*
*L'emporte dessus luy, sans estre le plus sage.*

DOM DIEGVE.

*Ie crain trop de mourir, puis que ie vous suis cher:*
*Si ie fais iamais rien qui vous puisse fâcher,*
*Ne me souffrez iamais: mais voicy Roquespine.*

LEONOR.

*Ha, tout cét attirail de guerre m'assassine!*

*Ce que vous m'auez dit, ne me peut r'asseurer,*
*Adieu cruel, adieu, ie me vay retirer!*

DOM DIEGVE.

*Madame encore vn mot.*

LEONOR.

*Non méchant, ie vous laisse,*
*Ie ne sçaurois vous voir sans mourir de tristesse.*

Elle s'en va.

# SCENE IV.

## DOM DIEGVE, ROQVESPINE.

DOM DIEGVE. Ils s'arment en marchant.

*QVelle heure est-il ?*

ROQVESPINE.

*Il est bien tard.*

DOM DIEGVE.

*Dépechons nous;*
*Que i'auray de plaisir à voir battre ces fous!*

ROQVESPINE.

*Ie sçay fort bien que l'vn, n'est pas homme à se battre.*

DOM DIEGVE.

*L'autre ne se fait pas, non plus tenir à quatre.*

ROQVESPINE.

*Ie voy venir quelqu'vn.*

DOM DIEGVE.

*Tout beau c'est Dom Iuan,* D. Iuan se cache.
*Où diable ira nicher ce braue chathuan,*
*Et comment est-il seul ?*

ROQVESPINE.

*C'est qu'il ne veut rien faire*
*Au salut de son corps qui puisse estre contraire,*
*Il ne veut estre icy que paisible Auditeur.*

DOM DIEGVE.

*Il paroissoit tantost l'ange exterminateur,*
*Chut, i'entens la musique, entrons en cette porte,* Ils se cachent.
*Filipin s'est armé d'vne plaisante sorte.*

# SCENE V.

## FILIPIN, ou DOM PEDRO, D. DIEGVE, ROQVESPINE, DOM IVAN, LES MVSICIENS.

FILIPIN, ou DOM PEDRO.

*POsons aupres de nous Rondache & Morion,*
*Afin de les trouuer en toute occasion:*
*Nous commençons trop tost, l'heure est, me semble, induë,*
*I'ay peur que la musique estant trop entenduë,*
*Il ne tombe sur nous quelque defluction,*
*Ou se fasse sur nous quelque profusion.*
*Ie me sens dedans moy quelque esprit prophetique,*
*Qui m'effraye & me dit, Mal-heur sur ta Musique!*
*Les gens de ce quartier ne sont pas endormis,*
*Et tu pourrois trouuer icy des ennemis:*
*Mais au nom de Dieu soit, commençons.*

DOM DIEGVE.

*Roquespine,*
*Ils s'en vont bien crier, au meurtre, on m'assassine!*

*Va charger Filipin, quand ils auront finy.*
*Ie vais à Dom Iuan rendre le teint terny,*
*Et peut estre donner à son dos platassades.*

ROQVESPINE.

*I'en pretens faire autant aux donne-serenades.*

FILIPIN.

*Commençons.*

DOM DIEGVE.

*Taisons nous, ils s'en vont commencer.*

SERENADE.

*Beauté qui m'assassinez,*
*Et dont l'œil dessur mon cœur s'acharne,*
*Ta lucarne*
*Me deuroit monstrer ton nez;*
*Helas! ie suis pour luy,*
*Iour & nuict dans l'ennuy:*
*Belle aurore*
*Ie t'adore,*
*Ie t'honore,*
*Exhibe toy,*
*Ou bien c'est fait de moy.*

*Pour destourner ce meschef,*
*Monstre toy venerable Comette,*
*En cornette,*
*Ou bien prend ton couurechef,*
*Si ton temporiser*
*Me fait agoniser,*
*Ie trepigne,*
*Ie rechigne,*
*Ie t'eschigne,*
*Et dés demain*
*Tu sentiras ma main.*

*Foy de parfait quinola*
*Nostre main n'est pas si temeraire,*
*Que de faire*
*A ton neZ,*
*Cét affront là,*
*Non, non, ie m'en dédis,*
*Ie suis ton Amadis,*
*Ma leurette,*
*Ma ciuette,*
*Ma friquette;*
*Sois douce ou non,*
*Ie trouueray tout bon.*

FILIPIN, ou DOM PEDRE.

*Estes vous là charmante estoille poussiniere,*
*Plus fraische mille fois que la fleur matiniere?*
*Estes vous en cornette, ou bien escoffion,*
*Auez vous entendu vostre braue Amphion?*

DOM IVAN.

D. Diegue va charger D. Iuan, & se retire en son poste.

*Ie ne puis plus souffrir.*

DOM DIEGVE.

*Demeure, ou ie t'assomme.*

FILIPIN, ou DOM PEDRO.

Roquespine va charger Filipin & se retire en son poste.

*Helas i'entens du bruit, & si ie vois vn homme.*

ROQVESPINE.

*Rens l'espée.*

FILIPIN, ou DOM PEDRO.

*Et le casque, & la rondelle aussi.*
*Mes compagnons sont prests d'en vser tout ainsi:*
*Mais il s'enfuit, courage, il me le faut poursuiure,*
*Pour faire le vaillant.*

DOM IVAN.

DOM IVAN.

*Le bon Dieu me deliure,*
*D'vn dangereux pendart, mais helas le voila!*

FILIPIN, ou DOM PEDRE.

*Ha c'est de moy qu'il parle: alors qu'il s'en alla,*
*Je deuois ne bouger comme vn homme bien sage.*
*Si i'estois confessé!*

DOM IVAN.

*I'ay trop creu mon courage.*

DOM DIEGVE.

*Les voila dos à dos, ils ne se feront rien.*

ROQVESPINE.

*Pour faire vn homicide, ils sont trop gens de bien.*

FILIPIN, ou DOM PEDRO.

*Helas, ie suis gasté!*

DOM IVAN.

*Malheureuse embuscade!*

FILIPIN, ou DOM PEDRO.

*Si iamais à putain, ie donne serenade.*

DOM IVAN.

L'espée de D. Iuan se choque auec celle de D. Pedro.

*Ie demande la vie.*

FILIPIN ou DOM PEDRO.

*Et moy certes aussi,*
*L'amy fay rien, fay rien.*

DOM DIEGVE.

*Caualiers, qu'est cecy,*
*Vous vous entr'assommez?*

FILIPIN ou DOM PEDRO.

*Helas! tout au contraire,*
*Nous nous entre-sauuons.*

DOM DIEGVE.

*Vous ne pouuiez mieux faire.*

FILIPIN ou DOM PEDRO.

*Mon cousin est-ce vous?*

DOM DIEGVE.

*Moy-mesme.*

FILIPIN ou DOM PEDRO.

*Un assassin*
*A bien pensé gaster vostre braue Cousin;*
*Mais certes la valeur qui toûjours m'accompagne,*
*A pied comme à cheual, iour & nuict en campagne,*
*Comme dedans la ruë, a fait doubler le pas*
*A ce larron d'honneur que ie ne connois pas:*
*Ha! si ie puis voir clair en cette action noire!*

DOM IVAN.

*Ie vay vous reueler le secret de l'histoire.*
*Certain Duc est l'autheur de ce noir attentat,*
*Pour certaines raisons, & d'amour, & d'estat.*
*Ce bon Duc, qui n'a pas l'ame des plus guerrieres.*
*Qui me craint, & me hayt, & que ie n'aime guerres,*
*Comme ie m'amusois apres certain concert,*
*A pensé pour le coup, que i'estois pris sans vert.*
*Il s'est ietté sur moy, suiuy de trois ou quatre,*
*Mais ie n'ay pas laissé toutesfois de les battre,*
*A l'ayde de Monsieur, & sans estre blessé:*
*Et c'est de la façon que le tout s'est passé.*

FILIPIN ou DOM PEDRO.

*Et c'est de la façon que l'on m'ent par la gorge.*

DOM DIEGVE.

*C'est estre aussi vaillant, que le Cid, que Saint George.*

DOM IVAN.

Il prend à part Dom Diegue.

*Vous estes mon amy, ie suis homme d'honneur;*
*Ie vous auois parlé tantost auec chaleur,*
*Mais i'ay songé depuis que la plus douce voye*
*Est toûjours la meilleure, & c'est auecque ioye*
*Que renonçant pour vous à mon ressentiment,*
*Suiuant vostre conseil, i'agiray doucement:*
*Mais vous deuez aussi tenir vostre promesse,*
*Et voir sans y manquer dés demain ma maistresse:*
*Vous sçauez mon merite, & vous sçauez mon bien,*
*Et comme en l'espousant, mon bon-heur est le sien,*
*Que tout le monde m'aime, ou me craint, ou m'estime:*
*Et qu'estant Espagnol, ie suis fils legitime*
*De cette valeur rare, & de tant de vertus,*
*Dont toûjours les Heros ont esté reuestus.*
*Ie vous en dirois plus. Mais vous sçauez le reste,*
*Et que tout mon deffault est d'estre trop modeste.*
*Adieu, ie vay chercher encore à degainer;*
*Car ie n'ay fait, me semble, icy que badiner,*
*Et si ie n'ay fourny matiere à funeraille.*

Il s'en va.

*Tant que dure la nuict, ie ne dors rien qui vaille.*

FILIPIN ou DOM PEDRO.

*Et moy si l'on pouuoit ne point funerailler,*
*Ie ne ferois, ma foy; iamais que batailler;*
*Mais par ce que combat engendre funeraille,*
*Alors que ie combats, ie ne fais rien qui vaille.*

DOM DIEGVE.

*Fera-t'il ce qu'il dit?*

ROQVESPINE.

*Il ne le fera point,*
*Le Sire a trop grand soin du moule du pourpoint.*

DOM DIEGVE.

*O! que i'estois tenté par quelque estafilade*
*De punir son orgueil, & sa fanfaronnade!*

FILIPIN, ou DOM PEDRO.

*C'est le plus grand poltron qui.*

DOM DIEGVE.

*L'est-il plus que toy?*

FILIPIN, ou DOM PEDRO.

*Plus que moy mille fois.*

DOM DIEGVE.

*Sans iurer, ie le croy.*
*Or-ça parlons vn peu de noſtre Dame Helene.*

FILIPIN ou DOM PEDRO.

*Nous eſpouſons demain.*

DOM DIEGVE.

*Demain?*

FILIPIN, ou DOM PEDRO.

*Choſe certaine,*
*Nous auons dés tantoſt ordonné des habits*
*Des eſclaues; caroſſe.*

DOM DIEGVE.

*Ha! ce que tu me dis,*
*Ne peut s'imaginer.*

FILIPIN, ou DOM PEDRO.

*Vous le pouuez bien croire.*

DOM DIEGVE.

*Allons, chemin faiſant, tu m'apprendras l'hiſtoire.*

# ACTE V.

## SCENE PREMIERE.

### FILIPIN, ou DOMPEDRO, PAQVETTE.

FILIPIN.

*OV diable est donc Madame ?*

PAQVETTE.

*Elle viendra bien tost.*

FILIPIN.

*Ma Paquette !*

PAQVETTE.

*Monsieur.*

FILIPIN.

*Le diray-je tout haut?*

PAQVETTE.

*Puis que nous sommes seuls, vous le pouuez bien dire.*

FILIPIN.

*Ma Paquette, sçais tu que i'aime bien à rire?*
*Ta maistresse me rend l'esprit tout serieux,*
*Pour te dire le vray, ie t'aimerois bien mieux.*

PAQVETTE.

*Vous vous pensez moquer parmy des Damoiselles,*
*Telles que ie puis estre, on en voit d'aussi belles*
*Que ces Dames de prix, en qui souuent dit-on*
*Blanc, perles, coques d'œuf, lard, & pieds de mouton,*
*Baume, lait virginal, & cent mille autres drogues*
*De testes sans cheueux aussi razes que gogues,*
*Font des miroirs d'amour, de qui les faux apas*
*Estallent des beautez qu'ils ne possedent pas.*
*On les peut appeller visages de moquette;*
*Vn tiers de leur personne est dessous la toillette;*
*L'autre dans les patins, le pire est dans le lict:*
*Ainsi le bien d'autruy tout seul les embellit,*
*Ce qu'ils peuuent tirer de leur propre Domaine,*
*C'est chair molle, gousset aigre, mauuaise haleine.*
*Et pour leurs beaux cheueux si rauissans à voir,*
*Ils ont pris leur racine en vn autre terroir.*

Ils

*Ils ſont le plus ſouuent des plantes tranſplantées,*
*Qu'on applique auec art ſur teſtes edentées.*

FILIPIN ou DOM PEDRO.

*Paquette, ma Paquette, où prens-tu tant d'eſprit?*
*Aimes-tu quelque autheur, lors que ton œil me prit;*
*Ie te ſoupçonnois bien d'auoir l'eſprit à l'erte,*
*Mais de l'auoir ſi bon, ha! c'eſt trop pour ma perte.*
*Ie veux rompre aujourd'huy bien plûtoſt que demain,*
*Auecques ta Maiſtreſſe, & te donner la main;*
*Mais la voicy venir.*

# SCENE II.

## HELENE, FILIPIN, PAQVETTE.

HELENE.

*Ie vous ay fait attendre,*
*Vous me le pardonnez, i'auois visite à rendre*
*A certaine Duchesse, à qui ie dois beaucoup.*

FILIPIN.

*Ma belle Tramontane, hé bien est-ce à ce coup,*
*Que l'hymen ayant ioint Dom Pedre, & Dame Helene,*
*De leur congrez fecond viendra la digne graine?*
*Laquelle pullulant en ce puissant Estat,*
*Sousmettra tout le monde à nostre Potentat.*

HELENE.

*Puis que vostre vertu m'a tout à fait acquise,*
*Ma volonté doit estre à la vostre soûmise.*

FILIPIN.

*Ie n'ay presentement que dix mille Ducats,*
*Un faquin de Facteur, dont i'ay fait quelque cas.*
*Et que pour sa paresse, il faut casser au gage,*
*Me fait de iour en iour attendre, dont i'enrage:*
*M'escrit qu'à la monnoye, on agit lentement,*
*A cause que l'on sert le Roy premierement,*
*Et que son Commissaire enleue de Seuille*
*Autant de Patagons qu'on fait en ceste ville.*

HELENE.

*Cette guerre de Flandre enleue tout l'argent.*

FILIPIN.

*Il me promet pourtant d'estre plus diligent,*
*Et d'enuoyer bien tost vne notable somme.*
*Vous pouuez cependant rauir d'aise vn pauure hôme*
*Qui ne vit depuis peu que d'expectation,*
*Comme les sots de Iuifs font apres leur Sion:*
*Helas dans peu de iours, ie vay mourir par braise!*
*Au lieu qu'vn prompt Himen me fera mourir d'aise.*
*Quatre ou cinq mille escus en velours & tabis,*
*Suffiront, ce me semble, à faire des habits,*
*Le carosse, le train, & tout nostre equipage,*
*Se feront à loisir apres le mariage;*

*Lors que i'auray receu la somme que i'atten,*
*Et quelques diamans: au reste ie preten*
*Que les couleurs seront, selon ma fantaisie,*
*Et que l'estoffe aussi sera de moy choisie.*

HELENE.

*Auecque vous, Monsieur, ie renonce à mon choix.*

FILIPIN.

*Vous aurez douze habits, c'est à dire vn par mois,*
*Que l'orengé pastel est couleur agreable!*

HELENE.

*On ne s'habille plus d'vne couleur semblable.*

FILIPIN.

*Et zinzolin, Madame.*

HELENE.

*Il n'est plus de saison.*

FILIPIN.

*I'aime cette couleur qu'on dit merde-d'oyson,*
*Elle réjoüit l'œil.*

HELENE.

*Ce n'est donc qu'en Galice.*

FILIPIN.

*Vne robe de peau, couleur de pain d'espice;*
*Qu'vn drap marbré bien chaud, doubleroit pour l'yuer,*
*Auec trois passe-poils, iaune, minime, & vert,*
*Qui feroient ce qu'on dit Pistache ou bien Pistagne,*
*Seroit le vestement le plus riche d'Espagne,*

HELENE.

*Enuoyez moy l'argent, tout sera bien choisi.*

FILIPIN.

*On me fait vn pourpoint de velours cramoisi,*
*Dont les chausses seront de satin tristamie.*

PAQVETTE.

*Dom Diegue est là bas.*

FILIPIN.

*La fortune ennemie*
*Assez mal à propos m'enuoye vn importun.*

HELENE.

*Ne le verrez vous point?*

FILIPIN.

*Ce me seroit tout vn,*

*S'il ne m'auoit point fait vne ſupercherie*
*Sous mon nom. Il m'excroque vne commanderie,*
*Et retient mes papiers apres cet acte noir.*
*Vous me pardonnerez ſi ie ne le puis voir,*
*Il nous faudra ſans doute enfin tirer la lame.*

HELENE.

*Entrez dans mon Alcoue.*

FILIPIN.

*Et de bon cœur mon ame,*
*Quand il ſera ſorty, faites le moy ſçauoir,*
*Coupez court auec luy.*

HELENE.

*I'y feray mon pouuoir.*

# SCENE III.

## DOM DIEGVE, HELENE.

DOM DIEGVE.

*Madame ce n'est pas l'amour qui me r'ameine :*
*Ie perdrois prés de vous, & mõ tẽps, & ma peine:*
*Ie viens vous proposer vn homme pour espoux*
*Que vous confesserez estre digne de vous,*
*Dom Iuan Bracamont.*

HELENE.

*Brisons-là, ie vous prie.*

DOM DIEGVE.

*Depuis quand faites vous si fort la rencherie?*
*Il est riche, Madame.*

HELENE.

*Estant de vostre main,*
*Il me seroit suspect.*

DOM DIEGVE.

*C'est mon Cousin germain,*

*Qui regne en vostre cœur comme vn clou chasse l'autre*

HELENE.

*C'est ce que vous voudrez.*

DOM DIEGVE.

*Il y va trop du vostre,*
*De, prendre vn Campagnart tout opulent qu'il est.*

HELENE.

*Tant moins vous l'estimez, d'autant plus, il me plaist.*

DOM DIEGVE.

*Vous l'aimez donc, Madame!*

HELENE.

*Et de plus ie l'espouse.*

DOM DIEGVE.

*Que le Ciel me faisant d'vne humeur peu jalouse,*
*M'a fait vn riche don, quoy qu'il m'ait fait sans bien!*

HELENE.

*Aupres de Leonor, il ne vous manque rien.*

DOM DIEGVE.

DOM DIEGVE.

*Il eſt vray ; mais pourtant, ie crains qu'elle n'aprenne*
*Que ie ſuis venu voir la nompareille Helene.*

HELENE.

*Le peril n'eſt pas grand pour vous.*

DOM DIEGVE.

*Il le ſeroit,*
*Si i'eſtois aſſez riche.*

HELENE.

*On vous enleueroit,*
*Si Dieu vous auoit fait ce que vous penſez eſtre.*

DOM DIEGVE.

*Il m'a fait trop de grace, en me faiſant connoiſtre*
*Que pour vous eſtre cher, il faut n'eſtre pas gueux.*

HELENE.

*Vous diriez bien plus vray, ſi vous diſiez fâcheux.*

DOM DIEGVE.

*Ie me voy ſur le point de l'eſtre dauantage.*

HELENE.

*Et comment ferez vous?*

DOM DIEGVE.

*Rompant vn mariage.*

HELENE.

*Le mien?*

DOM DIEGVE.

*Le vostre mesme.*

HELENE.

*Et quelle authorité*
*Pretendez vous sur moy?*

DOM DIEGVE.

*C'est par sincerité*
*Que ie veux empescher l'inegal Hymenée,*
*Qui ioindroit à ce fat vne Dame bien née.*
*Dom Bufalos n'est pas tout ce que vous pensez,*
*Vous le croyez bien riche, il ne l'est pas assez.*

HELENE.

*Que vous auez en vain la teste embarassée!*

DOM DIEGVE.

*Pour vous perdre d'honneur vous estes bien pressée.*

HELENE.

*Ie pourrois aisément me passer de vos soins.*

DOM DIEGVE.

*Ie n'en aurois pas tant, si ie vous aimois moins.*

HELENE.

*Et moy, pour vous monstrer combien ie vous redoute*
*Dans vne heure au plus tard, ie l'espouse.*

DOM DIEGVE.

*Sans doute?*

HELENE.

*Il n'est rien de plus seur, & ie fay plus encor,*
*Nous aurons pour tesmoins & vous & Leonor,*
*Il m'est indifferent de quel sens on explique*
*Vne bonne action que ie rendray publique.*

DOM DIEGVE.

*Elle le sera trop; mais pour la destourner*
*Ie sçauray malgré vous le remede donner.*

HELENE.

*Ioignez à Leonor toute la terre ensemble,*

*J'auray vostre Cousin.*

DOM DIEGVE.

*Dites, si bon me semble,*
*Ie vay chez Leonor, pour l'amener icy.*

HELENE.

*Vous enragerez bien tantost.*

DOM DIEGVE.

*Et vous aussi.*

FILIPIN, ou DOM PEDRO. Il sort de l'Alcoue.

*Ha le mauuais parent! Madame, ie vous iure,*
*Si ie n'auois eu peur de vous faire vne injure,*
*Que i'aurois fait sur luy notable irruption :*
*Mais i'en retrouueray bien tost l'occasion.*
*Au prix de moy, Madame, vn lyon n'est qu'vn aze,*
*Quand ie suis en colere, vne antiperistaze*
*Me trouble le dedans, la consanguinité*
*Fait la guerre en mon ame, à sa méchanceté.*
*Si ie mangeois son cœur, ie mordrois en la grape.*
*Madame, tenez moy, de peur que ie n'eschape.*
*Ne me retenir point, c'est me faire enrager,*
*Que sçait-on? ie feray bien mieux de ne bouger,*

*Si ie l'allois trouuer, & qu'il fist resistance,*
*Le malheureux mourroit sans nulle repentance.*
*Comme mes premiers coups ne sont pas jeux d'enfans;*
*Mais de ces orbes coups à tuer Elephans.*
*I'ay pourtant grand sujet de me mettre en colere,*
*C'est vne passion qui grandement m'altere.*
*Qu'on me presse en vn verre, vn, deux ou trois limons,*
*I'aime la limonade, elle est bonne aux poulmons.*
*Ma chere ame!*

HELENE.

*Monsieur.*

FILIPIN ou DOM PEDRO.

*Nous allons faire nopce.*

PAQVETTE.

*Dom Iuan Bracamont, Dom Diegue, Mendoce,*
*Amenent auec eux Madame Leonor.*

FILIPIN, ou DOM PEDRO.

*N'ont-ils point amené quelques autres encor?*

PAQVETTE.

*Ie ne le pense pas.*

FILIPIN.

*Bien que mon Cousin monte,*
*Copulatiuement ie m'en vais à sa honte*
*Me joindre aux yeux de tous au tresor de beauté*
*Qu'il ne meritoit point, & que i'ay merité.*
*Paquette aprochez vous, est-il prest le Notaire?*

PAQVETTE.

*Oüy Monsieur.*

FILIPIN.

*Acheuons vistement cette affaire,*
*Ie suis grand amateur de la conclusion,*
*Et naturellement i'appete l'vnion.*

# SCENE IV.

## LEONOR, HELENE, D. DIEGVE, DOM IVAN, FILIPIN, PAQVETTE.

LEONOR.

*Ie vien me conjoüyr auec la belle Helene.*

HELENE.

*Ignorant le sujet, qui chez moy vous amene,*
*Si c'est pour m'obliger, ou pour vous diuertir,*
*Ie ne sçay pas comment ie vous dois repartir,*
*De quelle façon donc voulez vous que i'en vse?*

FILIPIN.

*Qui rit à mes dépens, ie soustien qu'il s'abuse,*
*Quatre cens mille fois, quelque chose de plus.*

LEONOR.

*Les éclaircissemens sont icy superflus.*
*Nous ne venons icy qu'à dessein de vous plaire,*

*Et de vous obliger.*

FILIPIN.

*Vous ne pouuez mieux faire.*

HELENE.

*Ie n'attendois pas moins de vous; mais pour Monsieur?*

LEONOR.

*Vous le connoissez mieux que moy, c'est vn rieur,*
*Qui dit d'vne façon, & qui pense de l'autre.*

DOM DIEGVE.

*Madame, vous sçauez que ie fus toûjours vostre.*
*Attribuez, de grace, au sensible regret*
*De vous auoir perduë, vn discours indiscret,*
*Dont ie viens à vos yeux me chastier moy-méme,*
*En laissant voir aux miens rauir celle que i'aime:*
*Car ce n'est rien qu'vn rapt que l'Hymen inégal*
*De vous, & d'vn laquais, qui pense mon cheual.*

FILIPIN.

*Ha! ne blasphemons point.*

HELENE.

*Vous estes fou, Mendoce.*

DOM DIEGVE.

DOM DIEGVE.

*Vous estes folle, Helene, auec vostre nopce.*

HELENE.

*Dom Pedre endurez vous?*

FILIPIN.

*Ie suis vn autre fou;*
*Qui le nie, a menty par sa gorge, ou son cou.*

HELENE.

*Vous n'estes qu'vn laquais.*

FILIPIN.

*Fort à vostre seruice.*

HELENE.

*Quoy me jouër ainsi?*

DOM DIEGVE.

*C'est vous faire iustice.*

HELENE.

*Ha! qui me vangera, peut esperer de moy*
*Ce que ie puis donner.*

FILIPIN.

*Ce ne sera pas moy.*

HELENE à Dom Diegue.

*Indigne de ton ordre, & du nom que tu portes,*
*Qui me viens outrager en tant, & tant de sortes.*
*Tu pretens de ioüyr auec impunité*
*D'vne femme d'honneur, & de ma qualité?*

DOM DIEGVE.

*Abboyez vostre sou, vous ne me pouuez mordre:*
*Vous vous estes causé vous méme ce desordre;*
*Vous m'auez abusé par vn déguisement.*
*Celuy de mon laquais entrepris iustement,*
*Au lieu de vous fâcher, doit plûtost vous instruire,*
*Qu'il ne faut pas choisir tout ce qu'on void reluire.*
*Sçachez-moy donc bon-gré d'vn tour qui vous aprend*
*Qu'à tout esprit qui fourbe, à la fin on le rend:*
*Vous m'auez amusé de vos belles paroles,*
*Vous ne consideriez en moy que les pistoles,*
*La pauureté pour moy vous donna du mépris,*
*Parce que tous les chats durant la nuict sont gris.*
*A nostre Filipin vous vous estes soûmise:*
*Vous m'auez pris pour dupe, vn laquais vous a prise.*

*Le tour estoit bien lâche, & ie vous l'ay rendu :*
*Mais gaigner vn laquais ce n'est pas tout perdu.*

HELENE.

*Ha! ie me vangeray d'vne piece si rude.*

DOM DIEGVE.

*La vangeance n'est pas l'action d'vne preude.*

HELENE.

*Ha! Seigneur Dom Iuan, de grace, vangez moy:*
*C'est le prix où ie mets mon amour, & ma foy.*

DOM IVAN.

*Qui moy vous espouser? vous vne interessée*
*Que Mendoce a seruie, & puis apres laissée:*
*Par ce qu'elle l'aimoit seulement pour le bien,*
*Qu'vn laquais a seruë, & prise en moins de rien.*
*Puis pour son pis aller, qui m'a pris, moy la cresme,*
*De la Cour de Madrid, moy que tout le monde aime!*
*Madame, ie serois le plus sot des humains,*
*Ie ne veux point de vous, & vous baise les mains.*

DOM DIEGVE.

*Qui moy, vous espouser? vous vne interessée,*
*Chez qui le profit seul regne dans la pensée.*

*Qui m'auez preferé mon laquais trauesty,*
*Par ce que vous croyiez prendre vn meilleur party!*
*Ha! ne vous flattez plus d'vne fausse esperance:*
*Ie n'auray plus pour vous que de l'indiference.*
*Madame, ie serois le plus sot des humains,*
*Ie ne veux point de vous, & vous baise les mains.*

FILIPIN.

*Qui moy, vous espouser, vous vne interessée,*
*Que mon Maistre a seruie, & puis apres laissée!*
*Et qui me donneriez bien-tost du pied au cu,*
*Lors que vous me verriez estre sans quart-d'écu.*
*Nous autres Filipins auons trop de courage,*
*Guerissez vostre esprit, oubliez mon visage.*
*Madame, ie serois le plus sot des humains,*
*Ie ne veux point de vous, & vous baise les mains.*

HELENE.

Elle est dans vne chaise, vn mouchoir deuant les yeux, qui pleure.

*Ie ne manqueray pas de parens en Espagne.*

LEONOR.

*Que vous auois-je dit des Tableaux de campagne?*
*Ne sçauois-je pas bien qu'ils estoient souuent faux?*
*Et ne connois-je pas mieux que vous les Tableaux?*

HELENE.

*Ha! c'est trop endurer, qu'on me mene en ma chambre.*

FILIPIN.

*Qui vous appliqueroit de l'or ſur chaque membre,*
*C'eſt vn grand lenitif, & que vous aimez fort.*

DOM DIEGVE.

*Taiſez vous, Filipin.*

HELENE.

*Ma vangeance ou ma mort,*
*Me mettront en repos, deuant que le iour paſſe.* Elle s'en va.

DOM DIEGVE.

*En attendant l'effet de ſi grande menaſſe,*
*Madame d'vn ſeul mot vous pouuez bien caſſer*
*Le rigoureux Arreſt qu'on vient de prononcer.*

LEONOR.

*Si voſtre droit eſt bon, ie vous feray iuſtice,*
*Sur tout, n'vſez iamais enuers moy d'artifice:*
*Ne ſollicitez point d'autres juges que moy,*
*Et ie me ſouuiendray de ce que ie vous doy.*

DOM DIEGVE.

*Mon ſort dépend de vous.*

LEONOR.

*N'en soyez point en peine ;*
*Mais nous incommodons vostre adorable Helene.*
*Allons dans mon logis , & là ie vous diray*
*Ce que ie croy de vous , & ce que i'en feray.*

# SCENE V.

BEATRIS, FILIPIN.

B ATRIS.

F*ilipin.*

FILIPIN.

*Beatris.*

BEATRIS.

*Mon tout.*

FILIPIN.

*Mon cœur.*

BEATRIS.

*Mon ame,*
*Si tu voulois.*

FILPPIN.

*Et quoy?*

BEATRIS.

*Prendre.*

FILIPIN.

*Parle.*

BEATRIS.

*Vne femme.*

FILIPIN.

*La prendre? à quel dessein?*

BEATRIS.

*Pour Espouse.*

FILIPIN.

*Ha! ma foy.*

*Le conseil est fort bon, la connois-je?*

BEATRIS.

*C'est moy.*

FILIPIN.

Vade, Vade, retro Satanas, *qui me tente!*

*Mon front ne fut iamais vne Table d'attente;*

*Et ne portera point le myſterieux bois*
*Que perſonne ne voit, & qu'on croit toutesfois.*
*Ie ne veux point auoir vn timbre de pecore,*
*Ie ne veux point de toy, redoutable Pandore*
*Moy te prendre, ha! vrayment, c'eſt moy qui ſerois pris;*
*Et pour qui me prens-tu, maudite Beatris?*
*Tu me crois auſſi ſot que Mendoce mon Maiſtre.*
*Moy i'aurois des enfans, & leur mere à repaiſtre!*
*Si ie ſuis ſans enfans on dira c'eſt vn ſot,*
*Et ſi i'en fais enfin ou quelqu'autre, vn marmot.*
*I'auray neuf mois durant vne femme ventruë,*
*Ie l'entendray hurler comme vn pourceau qu'on tuë.*
*Quand elle mettra bas cet enfant tout moüillé,*
*Non ſans auoir long-temps en ſon ventre foüillé,*
*Vne ſotte dira, c'eſt le portrait du pere;*
*Vn autre, il a les yeux, & le nez de la mere:*
*Puis il faudra baiſer vn fils, qui ſentira*
*Le ventre de ſa mere, & ce ventre pura.*
*Il me faudra ſouffrir vne ſotte nourrice,*
*Vn enfant qui toûjours, ou crie, ou taite, ou piſſe;*
*Me releuer la nuit, pour le faire bercer,*
*Et cela tous les ans, c'eſt à recommencer.*
*Auoir tous les matins à prier, quelle peine!*
*De me voir bien toſt veuf par vne mort ſoudaine,*
*Au lieu qu'ayant l'eſprit content & ſatisfait,*
*Le front comme d'abord le bon Dieu me l'a fait:*

*Ie vay, ie viens, ie dors, ie ris, ie boy, ie mange,*
*Ie fais ce que ie veux, sans qu'on le trouue estrange:*
*La chose est arrestée, il ny faut plus penser,*
*Si mes yeux t'ont fait mal, va te faire penser.*

BEATRIS.

Il s'en veut aller, elle le retient.

*Arreste, Filipin, que ie te desabuse,*
*Moy t'espouser, crois-tu que ie sois assez buse*
*Pour mettre à mes costez vn pareil Damoiseau!*
*Voyez le beau mary, voyez le bel oyseau,*
*Moy, qui suis de galands iour & nuit recherchée*
*De Bourgeois, Courtisans, Prelats, & gens d'espée,*
*Qui depuis quelques iours sans quelques ennemis,*
*Aurois eu pour espoux vn opulent Commis;*
*Qui viens de refuser le Clerc ou Secretaire*
*D'vn riche President: gros vilain, va te faire*
*Cent fois plus honneste homme, & lors i'auiseray*
*Par pitié seulement si ie t'espouseray.*
*I'ay receu depuis peu deux gros poulets d'vn Comte,*
*Vn Duc me couche en joüe, & i'en fais peu de compte.*
*Vn ieune Abbé, qui n'est ny Prestre ny demy,*
*S'offre de m'espouser, ou d'estre mon amy:*
*Il me fit l'autre iour don d'vn porcelaine,*
*Et ie t'espouserois! c'est ta fievre quartaine.*

FILIPIN.

*Arreste, Beatris, elle s'en va ma foy,*
*Je deuois bien aussi faire du quant à moy,*
*M'a telle ainsi quitté par dépit ou par ruse?*
*Foin, i'enrage d'auoir tout ce qu'on me refuse,*
*Mon Dieu, que l'on est sot, alors que l'on est beau!*
*Il faut que là dessus ie luy fasse vn Rondeau.*

*FIN.*

www.ingramcontent.com/pod-product-compliance
Ingram Content Group UK Ltd.
Pitfield, Milton Keynes, MK11 3LW, UK
UKHW031911260826
14628UKWH00003B/1118

9 782019 692612